너의 공이 좋아!

모든 너의 공이 좋아!

이민항 소설

차례

루틴	007
주전	023
다짐	037
시합	055
마구	079
보배	104
등판	141
작가의 말	144

루틴

중학교, 여자, 야구 선수. 이것들은 마치 비빔밥 재료와도 같아서 따로 있을 땐 평범해 보여도 버무려지면 뭔가 특별해진다. 희수는 평범한 것보다는 특별해 보이는 게 낫다고 생각했다. 졸업이 다가오는 지금, 고등학교에 가서도 야구를 하려면 어떻게든 튀어야 하니까. 오늘 밤, 희수는 특별하게 보일 기회를 얻었다. 희수가 속한 야구부가 TV에 나오기 때문이다.

희수네 엄마, 아빠는 평소보다 장사를 일찍 끝내고 TV 앞에 앉았다. 치킨까지 시켜 놓고 스포츠 뉴스의 한 꼭지를 보려고 준비 중이다. 아빠는 가까운 친척과 지인은 물론이고, 단골 이발소 아저씨와 대리운전 기사 아저씨한테까지 딸이 TV에 나온다고 자랑했단다.

중학교 야구부의 여학생 배터리가 화제가 되고 있습니다. 공을 던지고 잡는 모습이 야무집니다. 게다가 경기 운영도 남학생들 못지않습니다. 오늘 도지사배 전국 중학 야구 대회에서 진풍경이 나왔습니다. 투수와 포수 모두 여자 선수가 출전한 겁니다.

"2루!"

도루 저지도 능숙하게 해냅니다.

"우리 팀에 없어서는 안 될 선수들입니다."

오희수 선수와 이태진 선수는 3학년 동갑내기 친구. 두 사람은 오늘 경기에서 5와 3분의 2이닝을 2실점으로 막으며 팀의 승리를 일궈 냈습니다.

"정신 빼 놨어? 사인 미스잖아!"

"가끔 티격태격하기도 하지만, 다 팀이 발전하는 방향이라고 생각합니다."

앞으로 남은 경기, 최선을 다하겠다는 다짐 속에 두 사람이 활약하는 겨레중학교가 어디까지 올라갈지도 관심이 집중되고 있습니다.

할 말을 잃은 희수는 넋 놓고 TV 화면만 바라보았다. 분명 지난번 경기에 대한 자체 평가와 포부까지 낱낱이 밝혔고, 분위기도 좋았다. 기자 아저씨도 희수의 미래를 응원한다고 했다. 근데 정작 TV에 나온 건 사인 미스를 한 태진에게 짜증을 부리는 희수의 모습이 전부였다.

"끝이여?"

"…."
"저 정도면 사기죄로 고소해야 하는 거 아닌감?"
아빠가 웃으며 말하자, 희수는 손에 든 치킨 조각을 그대로 내팽개치고는 제 방으로 들어갔다. 엄마는 이 상황에 웃음이 나오냐며 아빠를 타박하더니 희수를 따라갔다.
"딸, 방송이 좀 이상하다. 그렇지?"
"…."
"에이, 그 정도면 됐다."
"그려, 워낙 짧게 나왔고, 모자 푹 눌러써서 잘 몰라보겠던데?"
언제 들어왔는지 모를 아빠는 전혀 위로가 안 되는 말을 던지고 엄마에게 쫓겨났다.
"괜찮아. 10초라도 나온 게 어디야."
"3초였어."
"3초면 어떻고 10초면 어때. 얼른 나가서 치킨이나 먹자."
"나 치킨 안 먹어."
"뭘 또 그거 가지고."
"안 먹는다고."
희수가 고집을 부리자, 엄마의 표정이 달라졌다.
"너 이러기야? 우리나라 최초의 여자 프로야구 선수가 되고 싶다며? 프로는 실력으로 증명해야지. 앞으로 얼마나 많은 푸대

접과 멸시가 있을 줄 알고. 겨우 이 정도에 좌절할 거야?"

"엄마도 아빠랑 똑같아."

"뭐? 너 말 다 했어? 내가 너네 아빠랑 뭐가 같은데?"

"됐다."

"얼른 말 안 해?"

에휴, 진짜. 말해 뭐 해. 사실 희수도 TV에 스치듯 지나간 것이나 악마의 편집을 당한 건 중요하지 않았다. 하지만 이것만은 정말이지 참을 수 없었다. 내일 얼마나 중요한 경기인데.

"치킨. 그거…. 순살 맞지?"

"아차! 내 정신 좀 봐."

엄마는 그제야 뭐가 잘못됐는지 깨달았다. 희수는 경기 전날 꼭 뼈 있는 치킨을 먹어야 한다는 것을. 엄마가 가게 정리하고 오느라 아빠에게 대신 치킨을 주문해 달라고 했는데, 아빠가 마음대로 '순살' 치킨을 시킨 것이다. 신 메뉴라 할인해서 그랬다나? 정작 원인 제공을 한 아빠는 자기가 무슨 일을 저질렀는지도 모른 채, 순살 치킨과 캔맥주를 즐기며 해외 축구 경기를 보고 있었다. 엄마는 아빠를 향해 눈을 부라렸다.

희수에게는 꼭 지켜야 할 루틴들이 있다. 루틴이란 운동선수가 최고의 기량을 발휘하기 위해 반복하는 행동을 말한다. 실제로는 운동 능력에 도움이 안 되는 것이 많고, 오히려 정서적인 면에서 안정을 주는…. 스스로 봐도 너무 이상하다는 생각이 들 때마다 희수는 자신을 다잡았다.

'이건 이상한 짓이 아니야. 더 높이 가려면 으레 겪어야 하는 통과 의례야.'

어느 종목이든 여러 유명 스포츠 선수들은 각자 저마다의 루틴을 가지고 있다. 농구 선수 르브론 제임스는 경기 전 초크 가루를 손에 묻혀 관중 앞에 뿌리고, 테니스 선수 라파엘 나달은 서브를 넣기 전 몸의 여러 부위를 정해진 순서대로 만진다. 그러나 희수의 루틴을 보고는 대부분 이상 행동, 또는 삽질이라고 말했다. 심지어 바보 같은 짓 좀 그만하라는 애도 있었다. 하지만 희수가 손가락질받으면서도 루틴을 멈추지 않는 데는 다 이유가 있다. 그것은 잡힐 듯 잡히지 않는, 희수만의 목표 때문이었다.

시속 130킬로미터의 강속구.

누가 들으면 코웃음을 칠 구속이겠지만 희수에게는 무슨 짓을 해서라도 다다르고 싶은 목표였다. 루틴을 시작한 지 어언 3년. 조금씩 구속이 오르는 게 눈에 보인다. 따라서 이상한 짓 한다고 놀림받아도 희수는 지금의 루틴을 절대로 포기할 생각이 없다.

희수는 글러브를 챙겨 밖으로 나왔다. 학교 운동장의 멀건 가로등 불빛 아래에서 누군가 손을 흔들었다. 희수는 매일 저녁 8시 19분에 나와서 7분간 러닝을 하고, 17분간 가볍게 캐치볼을 하고, 27분간 롱 토스*를 하고 37분간 47개의 실전 투구를 한다. 이 과정을 전부 쉬는 시간 없이 진행해서 저녁 9시 47분에 완벽히 끝내야 한다. 이는 희수의 루틴 중에 가장 중요한 부분이라 다른 건 몰라도 이 루틴만큼은 월화수목금토일, 비가 오나 눈이 오나, 심지어 경기 전날까지도 빠짐없이 지키고 있다.

"왔어?"

"응."

"바로 할까?"

"그래."

이태진. 희수의 파트너. 그리고 파트너란 말 대신 더 자주 불리는 말이 있다.

배터리.

왜 투수와 포수를 묶어서 배터리라고 부를까? 1루수-2루수-유격수-3루수는 내야수라 부르고, 좌익수-중견수-우익수는 외야수라 부르니까, 이 중 어디에도 속하지 않는 투수와 포수를 따로 묶을 말이 필요했는지도 모른다. 희수가 속한 겨레중학교 김준영 코치는 이 말이 전지의 양극과 음극처럼 투수와 포수가 신호를 주고받는 데서 비롯되었다고 했고, 어느 메이저리그 출신 프로야구 해설가는 '타자를 두들기다'라는 뜻의 'batter'에서 유래되었다고 하지만, 어느 것이 맞는지는 알 수 없다. 아무튼 겨레

---

* 먼 거리에서 하는 캐치볼 훈련.

중학교 야구부의 오희수와 이태진은 한 쌍으로 묶여서 배터리로 불리고 있다. 가끔 공이 잘 들어가는 날이면, 코치는 희수와 태진이 영혼의 배터리라고까지 했다.

러닝을 하는 두 사람의 가쁜 숨소리가 조용한 운동장에 맴돌았다. 그러나 러닝은 어디까지나 체력과 근력을 단련하는 훈련일 뿐, 본격적으로 공을 던지는 훈련은 이제부터다.

"미안하지만, 오늘은 여기까지 하면 안 될까?"

"갑자기 왜?"

태진이 숨을 고르며 말하자, 글러브를 끼던 희수의 눈살이 찌푸려졌다.

"오빠가 군대에서 휴가 나와서 가족끼리 외식하기로 했거든."

"아니, 갑자기 이러면 어떡해?"

"우리 그동안 열심히 하기도 했고…."

"그래도 내일 시합 날이잖아! 아, 몰라! 루틴 깨져서 내일 난 타당하면 다 네 책임이야!"

희수는 기가 찼다. 지금은 전국 대회 기간이다. 게다가 이제 막 예선을 통과했고 내일부터 토너먼트가 시작된다. 한 번이라도 지면 탈락이라는 얘기다.

흔히 투수를 야구의 꽃이라고 부른다. 스스로 타자를 아웃시킬 수 있는 유일한 포지션이기 때문이다. 하지만 말이 좋아 야구의 꽃이지, 실상은 잘하면 본전이고 못하면 패배의 책임을 온전히 뒤집어쓴다.

　고작 130킬로미터도 못 던지는 희수는 그 말을 죽어도 듣기 싫었다. 희수는 루틴들이 귀찮긴 해도 자신을 조금씩 앞으로 나아가게 해 준다고 믿고 있다. 그런데 영혼의 배터리라는 애가 중요한 경기를 앞두고 이렇게 안 도와주면 어떡해.
　"미안, 오늘만 좀 봐주라."
　"됐어!"
　"미안해…. 응?"
　"알았어. 하지만 오늘만이다. 내일은…. 아니다. 내일이 있을진 모르겠네."
　"응, 고마워."
　어쩔 수 없이 승낙하긴 했지만, 뒤도 안 돌아보고 집으로 달려가는 태진을 보며 희수는 여러 생각이 들었다. TV에 한 번 나왔다고 뭐라도 되는 줄 아나. 그러나 당장 혼자서는 아무것도 할 수 없어서 희수는 배터리가 빠진 장난감 인형처럼 한동안 멀거니 서 있었다.
　"아, 짜증 나!"
　희수는 벽에다 대고 힘껏 공을 던졌다. 벽에 튕겨 돌아오는 공을 주워서 다시 던지고, 주워서 다시 던져 보아도 불안이라는 괴물은 어느새 희수의 등 뒤까지 따라와 있었다.

"엄마, 수건!"
세수를 하고 나온 희수가 급히 엄마를 찾았다.
"거기 걸려 있잖아."
"아니. 나 쓰던 거."
"쓰던 거 뭐?"
"있잖아. 아빠가 야유회에서 받아 온 거."
그러자 엄마는 바닥에 놓인 분홍색 걸레를 가리켰다.
"이제 다 해져서 수건으론 못 써."
"아니 왜! 누구 맘대로 걸레로 만들어! 왜 모두 날 안 도와주는데?"
어제부터 자꾸만 일이 꼬인다. 그렇다고 엄마에게 계속 짜증을 냈다간 등짝이 걸레짝이 될 것 같아 희수는 이대로 넘어가기로 했다. 희수는 엄지와 검지로 이젠 걸레가 되어 버린 분홍 수건을 집어 들었다.
2003년 제품 기술팀 야유회 기념.
엄마는 모른다. 아빠가 예전에 회사 다닐 때 받은 이 수건으로 얼굴을 닦으면 구속이 3킬로나 오른다는 것을. 그러나 이 마법의 아이템은 머리카락과 고깃국물과 밥풀 찌꺼기가 잔뜩 붙은 채 구석에서 풀풀 냄새를 풍기며 썩어 가고 있었다.
그때 희수의 눈에 벽에 걸린 가훈이 들어왔다. 엄마가 문화센터 서예반에서 비뚤배뚤한 글씨로 쓴 것이었다.

'인내 없는 열매는 없다.'

희수는 이를 꽉 깨물고는 엄마가 걸레라고 부르는 그것으로 얼굴을 박박 문질렀다.

"뭐 하는 거야!"

희수는 도망치듯 방 안으로 들어와 문을 잠갔다. 침대 위에는 빳빳하게 다려진 새하얀 유니폼이 놓여 있었다. 희수는 조심스레 다가가 유니폼 앞에 섰다. 엄마, 이런 딸이라서 미안. 하지만 이젠 그러려니 하고 있지?

짝짝짝!

희수는 또 하나의 중요한 의식을 시작했다. 혀를 내밀며 위협적인 표정을 짓고, 발을 구르며 허벅지와 가슴을 손으로 치면서 크게 기합을 넣었다. 뉴질랜드 마오리족의 전통 의식인 '하카(Haka)'였다. 예로부터 마오리족 전사들은 전투에 나서기 전에 사기를 올리기 위해 힘을 과시하는 춤을 췄다고 한다.

희수가 경기 전 유니폼을 펼쳐 놓고 하카를 하게 된 건, 유튜브에서 우연히 보게 된 영상 때문이다. 뉴질랜드 야구 대표팀이 경기 전, '카 마테'라는 제목의 하카 의식을 했다. 뭔가 재밌어 보여서 따라 해 보았는데, 놀랍게도 그 뒤 대회 예선 통과도 하고 방송 취재도 들어왔다. 그때부터 희수는 유니폼을 펼쳐 놓은 채 마오리족의 신성한 의식을 하는 걸 루틴에 추가했다. 물론, 볼륨은 조금 줄인 채로.

하카를 하며 희수는 유니폼을 입고 양말을 신는다. 양말은 왼쪽부터, 바지도 왼쪽 다리부터, 셔츠도 왼팔부터. 유니폼을 다 입은 희수는 고릴라처럼 두 손으로 가슴을 내리치며 외쳤다.

"속구 좋아! 변화구 좋아!"

희수가 방에서 나오자, 엄마와 아빠는 박수를 쳤다. 조금, 아니 실은 많이 쑥스럽지만 이기기 위해선 이보다 더한 짓도 할 수 있다. 희수는 전장에 나가는 마오리 전사처럼 엄마와 아빠의 전송을 받으며 밖으로 나왔다. 햇살이 싱그럽다. 오늘은 야구하기 좋은 날인데, 정작 엄마와 아빠는 가게 때문에 못 온다. 다음 경기에는 꼭 온다는데 그때까지 탈락하지 않았으면 좋겠다.

버스를 타고 경기장으로 향하던 희수는 중간에 정류장에 내려 외진 골목으로 향했다. 시합 당일 하는 루틴 중 하나를 빼먹을 뻔해서다. 이건 희수의 고유 루틴은 아니고 어느 유명한 선수의 루틴이다. 희수는 주변에 지나다니는 사람이 없는지 꼼꼼히 살피고 가방에서 뭔가 꺼내 들었다. 희수가 애지중지하는 진종현 선수의 사인이 담긴 글러브였다.

희수는 눈을 감고 숨을 크게 한번 내쉬었다. 걸레가 된 마법수건으로 얼굴을 닦을 때 그랬던 것처럼 큰맘 먹고 두 손에 든 글러브를 얼굴로 가져갔다. 천천히. 아주 천천히.

할짝할짝.

믿거나 말거나지만, 글러브에서 단맛이 나는 날은 경기가 잘

풀린다.

에퉤퉤!

희수는 침을 뱉다가 글러브를 내팽개쳤다. 오늘은 도저히 맛볼 수가 없다!

희수는 자신의 침이 잔뜩 묻은 글러브를 초점 없는 눈으로 응시했다. 그래. 몸 상태를 확인하려고 아침 대변을 맛본다는 선수도 있는데. 이 정도면 약과지. 그러나 평소와 다른 불안감이 희수를 맴돈다. 어제부터 루틴이 조금씩 꼬이고 있다.

새천년 기념 운동장에서는 며칠 전부터 도지사배 전국 중학 야구 대회가 열리고 있다.

도지사배는 중등부 야구 대회 중 꽤 주목받는 대회로 전국 10개 팀이 5개 팀씩 2개 조로 나뉘어 예선 리그를 치르고, 각 조의 1, 2위 팀이 준결승에 오른다.

희수가 속한 겨레중학교는 올해 최초로 예선 리그를 통과했다. 매년 재정난으로 야구부가 없어진다는 소문이 도는데, 올해는 꽤 선전하는 중이다. 그래도 여기서 만족할 순 없다. 오늘 잘 던지면 대망의 결승! 아마 결승전 상대는 올해도 강력한 우승 후보인 성도중학교가 될 것이다. 결승전에다 성도중과의 경기라면 방송 카메라도 오고, 고등학교 스카우트 코치들도 잔뜩 오겠지? 그럼 어쩌면?

"어젠 미안했어."

태진이 쭈뼛거리며 다가오자, 희수는 아무렇지 않은 척 연습이나 하자고 졸랐다. 경기에 나서기 전 한시라도 빨리 몸 상태를 확인하고 싶었다. 둘은 불펜*으로 향했다. 희수는 언제나 그렇듯 속구 다섯 개와 변화구 다섯 개를 번갈아 가며 던졌다.

"어?"

희수는 이 말을 싫어한다. 누가 그러는 것도, 지금처럼 스스로 하는 것도 말이다. 뭔가 잘못됐을 때 나오는 반응이기 때문이다.

프로그래머가 "어?"라고 하면 프로그램이 원래 의도와 다르게 동작한다는 뜻이고, 의사가 "어?"라고 하면 몸 상태가 생각보다 더 안 좋다는 뜻이다. 그런데 오늘처럼 중요한 경기에서 "어?"가 튀어나온다는 건?

"아니야. 공 좋아."

"정말이지?"

태진이 괜찮다고 해서 기분이 좀 나아졌지만, 그렇다고 불안함이 완전히 가시지는 않았다. 그래도 희수는 마음을 다잡았다. 괜찮아. 걸레로 얼굴도 닦고, 방 안에서 괴성도 지르고, 글러브도 핥았잖아.

"응. 네가 좋아하는 속구 위주로 사인 보낼게. 그런데 던질 때 손목에 힘을 좀 **빼**고 살짝 떨어지게 던져 보는 건 어떨까? 그걸

---

* 투수가 마운드에 올라가기 전에 연습 투구를 하며 몸을 푸는 공간.

해낸다면 네 신무기가 될지도 모르는데….”

"또 그 얘기다. 그럼 구속이 떨어지잖아. 난 힘으로 승부하고 싶다고!"

"그래, 오늘은 중요한 경기니까. 그게 좋겠다."

양 팀 선수 입장하라는 방송이 들렸다. 국민의례와 애국가 제창이 끝나고, 주심이 "플레이 볼!"을 외쳤다.

그래, 이제 시작이야.

희수는 글러브를 끼지 않은 손으로 자기 뺨을 힘껏 내리치며 속삭였다.

"속구 좋아. 변화구 좋아."

희수는 타석 뒤에 앉은 태진을 보았다. 속구 위주로 사인을 보낸댔지. 좋든 싫든 태진이 말을 믿어 보자. 태진이가 오늘 공 좋다고 했으니까, 태진이를 향해 최고의 공을 던지자. 그럼, 마법이 일어날지도 몰라.

스트라이크!

희수는 태진의 미트에 공을 내리꽂았다. 시속 126킬로미터의 포심 패스트볼.*

누군가는 중학생 여자 선수가 이런 공을 던지는 게 대단한 일이라고 했지만, 그 대단함이 희수가 고등학교에 가서도 야구

---

* Four-seam fastball. 손가락이 야구공의 솔기(seam) 네 군데(four)에 닿도록 쥐고 던진다고 해서 붙은 이름. 속구 중에서도 속도가 가장 빠르다고 알려진 투구법이다.

를 계속하는 걸 보장하는 건 아니었다. 이 정도 위력의 속구를 던지는 애들은 흔하다. 고등학교 야구는 프로에 가기 바로 전 단계고, 결국 실력 있는 애들만 살아남는다. 못해도 130킬로미터는 던져야 다음 단계로 갈 수 있다. 누군가는 구속보다 제구력이나 변화구 각도로 승부하면 되지 않냐고 하지만, 그건 수학 공식도 모르면서 문제를 푼다고 덤비는 것과 같다. 공식이 전부가 아니듯 구속도 전부가 아니지만, 희수에게 130킬로미터는 당연히 갖춰야 할 기본이다. 이 정도 속구는 방망이를 휘두를 줄 알면 초등학생도 칠 수 있다.

두 번째 속구. 스트라이크.

세 번째 속구. 파울.

네 번째 속구도 파울.

상대 타자가 희수의 속구에 적응했는지 자꾸 방망이를 갖다 댄다. 안타를 맞지 않았는데도 희수는 조금 당황스러웠다. 속구는 일부러 커트하면서 변화구를 노리나? 변화구를 던질 줄 모르는 건 아니지만, 희수는 계속 속구로 상대하고 싶었다.

'역시 내 맘을 알아주는 건 태진이밖에 없어.'

태진은 이번에도 속구 사인을 냈다. 사인 잘 보이라고 빨간 매니큐어까지 칠했다. 검지 하나. 태진이야말로 희수가 가장 자신 있어 하는 공이 무엇인지 안다. 부모님보다도 코치님보다도 아마 하느님보다도 더 잘 알 것이다. 맞아. 우리는 겨레중학교 영혼의 배터리지.

'좋아. 이번엔 받으면 손이 얼얼할 정도의 공을 던져 주겠어.'

희수는 사인을 잘 받았다는 뜻에서 고개를 끄덕였다. 와인드업*. 희수는 이번에도 똑같은 공을 던질 것이다. 굽혀진 팔이 다시 활시위처럼 펴진다. 공을 채는 느낌이 평소보다 강하다. 혹시 이번에야말로 130킬로미터?

공이 희수의 손을 떠나는 그때, 어깨에서 뚝 하고 소리가 났다.

어?

뭐가 어떻게 돌아가는 거지?

어제도 오늘도 철저하게 루틴을 지켰는데…. 왜?

---

* 투구 준비 동작. 투수가 팔을 크게 돌리거나 양손을 머리 위로 쳐든다.

주전

이미 지난 학기에 말했다. 야구를 그만두겠다고.

그러나 손 감독은 허락하지 않았다. 졸업이 얼마 안 남았으니 끝까지 마무리를 짓자는 이유에서다. 실력이 아깝다기보단 감독님 말동무가 사라져서겠지. 그래도 못 들어줄 요청은 아니라서 대윤은 손 감독의 뜻을 따르기로 했다.

대윤은 야구가 좋았다. 좋아서 6년이나 했다. 하지만 지금은 그런 생각이 하나도 들지 않는다. 재능도 없고, 한계도 보이고, 그래서일까 미련도 없다. 끝을 준비하기엔 이른 나이지만, 야구에 한해서는 정말 끝이었다. 어쩌다 야구 같은 걸 했지? 따지고 보면 모두 그놈 때문이야.

선진 크로우스의 '미완의 에이스' 진종현.

'미완'이라는 말이 앞에 붙은 까닭은 이제 완성할 수 없어서다.

진종현은 신인 때부터 유명했다. 고등부 리그 MVP를 수상하고, 프로야구 신인 드래프트 전체 1순위로 지명된 초특급 신인 투수는 데뷔 첫해에 20승을 거두고 매년 하위권에서 맴돌던 팀을 한국시리즈까지 올렸다. 비록 한국시리즈 6차전에서 9회까지 한 점밖에 주지 않은 호투를 펼치고도 1대 0으로 패배해 우승을 거머쥐진 못했지만, 그때 마운드에서 흘린 신인의 눈물은 모든 야구팬의 가슴을 적시기에 충분했다. 결국 그해 진종현은 신인왕과 정규 리그 MVP를 동시에 거머쥐며 다음 해를 더욱 기대하도록 만들었다. 하지만 첫해에 무리해서였는지 어깨가 망가졌고, 수술 후 2년이나 재활한 뒤에도 상태가 나아지지 않았다. 그러자 진종현은 병역부터 해결하기로 했다.

경찰관인 대윤의 아빠가 진종현을 만난 건 그가 경찰청 야구단에 입단하고 나서다. 그때 대윤의 아빠는 경찰청 야구단을 관리하는 책임자였는데 경기가 열리면 어김없이 대윤을 경기장으로 데려갔다. 열 살쯤이었나, 어느 날 대윤이 경기를 보고 나오는데 뒤에서 누군가 불렀다. TV에서나 보던 선수가 자길 보며 웃더니 사인도 해 주고, 무등도 태워 주었다. 그다음에 만났을 땐 공부도 중요하지만 운동도 해야 한다며 방망이와 글러브를 쥐여 주기도 했다.

대윤은 아빠가 야구단 관리를 그만둔 뒤에도, 진종현이 전역해서 선진 크로우스로 돌아간 뒤에도 그의 열렬한 팬이었다. 대윤은 아빠와 엄마를 졸라 야구부가 있는 초등학교로 전학을 갔다.

하지만 대윤이 야구에 재미를 붙일 무렵, 진종현은 돌이킬 수 없는 강을 건넜다. 더 큰 부상을 당해 선수 생활이 어려워졌다든가, 하다못해 슬럼프로 은퇴한다든가 했으면, 대윤도 이해하고 미련 없이 보내 줬을 것이다.

'꼴사납게 음주 운전이 뭐야, 음주 운전이!'

진종현은 음주 운전 뺑소니 사고를 내고 그 즉시 구단에서 제명되었다. 물론 그의 재능을 아까워하는 이들도 있었는데, 주로 크로우스의 팬들이었다. 하지만 대윤은 다른 건 몰라도 음주 운전 뺑소니만큼은 용서할 수 없었다.

실망한 대윤은 보물처럼 여기던 진종현의 사인 글러브와 방망이를 꺼내 전부 찢고 부러뜨리고 불태워 버렸다. 그날은 힘센 대윤의 아빠도 대윤을 막을 수 없었다.

'뭐? 물의를 일으켜서 죄송하지만, 야구로 보답하고 싶다고? 웃기고 있네!'

"나오지 말래도."

대윤의 엄마가 휠체어를 타고 거실로 나왔다. 엄마의 무릎 위엔 무거운 포수 장비가 든 가방이 놓여 있었다.

"오늘 연습 있지?"

"머릿수만 채우다 올 텐데 뭘."

"그래도 마지막 학기인데 열심히 하면 출전 기회가 한 번쯤은 오지 않을까?"

"만약에 그렇게 돼도 내가 싫다고 할 거야."

"대윤아, 그래도 끝까지 최선을 다해야 해. 유종의 미란 말도 있잖아."

대윤은 엄마의 무릎 위에 놓인 가방을 집어 들었다. 약간 힘을 써야 할 정도로 포수 장비는 언제나 무겁다. 요즘처럼 선선한 가을에는 괜찮지만, 여름이나 겨울에 이걸 차고 움직이려면 고생이 이만저만이 아니다. 그동안 괜히 고생했네.

"다녀올게. 엄마."

"잘하고 와!"

대윤은 엄마의 미소를 보며 왠지 미안한 마음이 들었다. 엄마는 예전부터 연습이든 실전이든 대윤이 뛰는 경기를 보러 오고 싶어 했는데, 끝내 엄마의 소원을 이뤄 드리지 못할 것 같다. 실은 대윤이 매번 경기장에 오려는 엄마를 말리고 있다. 자신은 후보라서 언제 출전할 수 있을지 모른다는 이유를 댔지만, 실은 몸이 불편한 엄마가 홀로 경기장에 오는 것이 염려되어서 하는 말이었다. 대윤에게 야구에 대한 미련이 만에 하나 생긴다면 그것은 엄마의 소원을 이뤄 드리지 못한 아쉬움 때문일 것이다.

"오늘도 그럭저럭이네. 꼭 내 야구 실력처럼."

그럭저럭인 풍경에 그럭저럭인 날씨. 논, 밭, 실개울, 수로, 경운기. 뭐 하나 특별한 것 없는 추수를 앞둔 농촌 마을을 보며 대윤은 학교로 향했다. 내년에 고등학교에 진학하면 통학 버스를 타야 해서 이런 경치를 보는 것도 올해가 마지막이다. 만약 야구를 계속한다면 상황은 더 끔찍해지겠지. 통학이 아니라 기숙사 생활을 해야 하니까. 몸이 불편한 엄마를 놔두고 절대로 그럴 일은 없다. 차라리 잘됐어.

그때, 학교 앞 골목을 지나며 대윤은 세상에는 참 각양각색의 사람들이 살고 있다는 걸 깨달았다. 모두가 대윤처럼 단순하고 평온하지 않다는 것을.

대윤이 골목에서 본 사람은 이제껏 만났던 사람 중에 가장 이상했다. 대체 왜 저래? 세균을 핥아 먹고 있다니….

게다가 그 아이는 야구 유니폼을 입고 있었다. 뭐지? 매일 져서 드디어 미쳐 버린 크로우스의 팬인가? 대윤은 호기심이 생겼다. 대윤이 지켜보고 있는 걸 모르는 듯 그 아이는 가방에서 꺼낸 글러브를 연신 핥아 댔다. 대윤은 비위가 상해 고개를 돌렸다. 아침 먹은 게 올라올 뻔했다. 굳이 포수 가방을 열어 냄새를 맡지 않아도 대윤은 글러브가 얼마나 더러운지 아니까.

대윤은 이상한 아이를 뒤로하고 학교로 향했다. 역시 미친 게 분명해. 친구들에게 얘기하려다 괜히 아픈 사람한테 상처 주는 일일까 싶어 대윤은 혼자만의 비밀로 간직하기로 했다.

유니폼으로 갈아입은 대윤은 운동장 한쪽에 마련된 야구 연습장으로 향했다. 곧 있으면 전국 대회라 한 달 전부터 평소보다 한 시간 일찍 나와 훈련을 하고 있었다. 가볍게 몸을 푸는데 손 감독이 대윤을 포함한 선수단 전원을 불러 모았다. 매번 연습하라 해 놓고 어디 숨어 계시더니 오늘은 무슨 일로?

손 감독은 한때 프로야구 1군 팀에서 투수 코치를 했다고 한다. 당시 감독이 시즌 도중 성적 부진으로 사퇴했을 때 두 달간 감독 대행도 맡았었는데, 결국 꼴찌로 시즌을 마무리해서 정식 감독 계약까진 못 갔다. 가끔 대윤이 손 감독의 경력에 의심을 품을 때마다 손 감독은 예전 경기 동영상을 찾아보라고 하지만, 굳이 찾아볼 생각은 없다.

"야들아, 주목!"

"네, 감독님."

"느이들은 타자의 반대말이 뭔 줄 알어?"

"투수요?"

"에이, 안타잖어. 차를 타자! 안 타! 하하하하."

야구를 그만두겠다고 한 뒤로 대윤은 손 감독의 말 상대만 하기 일쑤였다. 쓸데없이 땀 빼는 것보다 낫다고 생각해서 별 불만은 없지만, 딱 하나 손 감독의 개그 시험 상대가 되어야 한다는 건 참기 힘들었다. 조크가 아닌 보크* 같은 개그를 종일 듣고

---

* 투수의 부정 투구 동작. 투수가 보크를 범하면 누상의 모든 주자가 한 루씩 자동 진루한다. 중요한 순간에 나오면 팀의 사기를 꺾기도 한다.

있는 것도 고역이라면 고역이었다. 하나같이 어느 타이밍에 웃어야 할지 알 수 없는 아재 개그였기 때문이다.

"조크여. 조크. 조크 몰라? 연습하는 거 보니 에지간혀서 다들 쉬었다 하라고…. 흠흠. 딴 건 아니고, 소개해 줄 사람이 있어서 그려. 야는 오늘부터 우리 대~중왕중학교 야구부에서 같이 운동할 친구여. 자, 인사혀라."

"오희수라고 합니다. 포지션은 투수입니다."

손 감독 뒤에서 누군가 앞으로 나왔다. 하얀 유니폼을 광채가 나도록 빳빳하게 다려 입은 여자아이. 여자 선수의 입단이 흔한 일은 아니라 다들 웅성거렸지만 대윤은 아침에 봤던 광경이 생각나 눈살이 저절로 찌푸려졌다.

'역시 제정신이 아니었어. 야구 하러 우리 학교에 오다니….'

중왕중학교 야구부는 이름에만 '왕' 자가 들어 있지, 7년 연속 전국 대회 예선 탈락에 빛나는 학교다. 그것도 그렇고 야구를 잘하고 못하고를 떠나 3학년 2학기에 전학을 오는 일은 드물다. 야구는 어디까지나 단체 운동이기 때문에 팀워크를 맞추는 데 꽤 오랜 시간이 걸리기 때문이다.

신기하게 생각하는 건 다른 애들도 마찬가지인 것 같았다. 다른 측면으로.

"쟤, 걔 아니야?"

"누구?"

"왜 있잖아. 작년 요맘때 TV에 나온 여자애."

"아, 쟤가 걔야? TV까지 나온 애가 왜 이런 허접한 학교로 왔지?"

손 감독은 손을 휘저어 파리 떼 쫓듯이 모두의 웅성거림을 쫓아 버리고는 새 선수에 관해 추가로 설명해 주었다. 원래는 고등학교에 진학했어야 하지만 부상으로 1년 쉬었고, 그사이 모교 야구부가 없어졌단다. 그 학교 코치가 손 감독의 제자인데 딱한 사정을 듣고 가만히 있을 수 없었다나.

새 선수 소개를 마친 손 감독은 포수인 대윤과 승태만 남기고 모두 연습에 복귀하도록 했다. 중왕중학교 야구부에 포수라고 해 봤자 딸랑 두 명이지만, 의욕 제로의 대윤과 달리 한승태는 주장을 맡고 있는, 중왕중학교가 자랑하는 선수였다.

승태가 이 학교에서 그나마 선수다운 선수란 걸 부정하는 이는 아무도 없다. 178센티미터의 우람한 체격에 타격도 투수 리드도 괜찮다. 곧 졸업을 앞두고 있으니 야구 명문 남일고에서 입학 제의가 올 법도 한데 아직까지 조용하다. 대윤은 이 모든 게 성도중학교의 이태홍 때문이라고 생각했다. 중학 리그 넘버원 타자이자 주전 포수. 하필 이태홍과 포지션이 같다니. 운도 지지리 없는 녀석.

손 감독이 승태에게 희수를 소개하자, 희수가 먼저 손을 내밀었다. 경기 영상을 봤다고 하더니, 운영이 안정적이다, 이러다 내년에 남길고 가는 거 아니냐, 자기는 속구가 주무기지만 변화구도 자신 있다며 앞으로 잘 부탁한다고까지 했다. 희수의 칭찬에 승태는 몸 둘 바를 몰라 했다. 자식, 여자애가 띄워 주니까 입이 귀에 걸려 가지곤. 귓불이 살짝 발그레해진 채 바보같이 웃는 승태를 보며 대윤은 어이가 없었다.

이어지는 대윤의 차례. 희수가 글러브를 핥는 아이라는 걸 아는 대윤은 바싹 긴장했다. 그런데 악수를 하니 마치 돌덩이를 잡는 듯한 느낌이 들었다. 손이 생각보다 단단하구나.

"야는 두 번째 포수여. 실력은 말짱 황이고, 눈도 썩은 동태눈깔처럼 보여도 말이여, 경기 보는 눈은 썩 좋아."

"네…."

손 감독의 칭찬인지 비난인지 모를 소개가 끝나자, 희수는 대윤에게 그저 잘 부탁한다고만 말하고는 다른 선수들이 있는 쪽으로 향했다. 어이, 나한테는 더 할 말 없어? 내가 감독님 말 상대나 한다는 걸 눈치챘나? 승태에게 하던 것과는 확연히 다른 희수의 태도에 대윤은 합리적인 의심이 들었다. 소개를 마치자, 희수는 손 감독에게 누구와 연습할지를 물었다.

"쟈."

"쟤요?"

"저요?"

대윤은 희수의 파트너로 자신이 지목되는 순간, 아주 잠깐이지만 희수의 찌푸린 표정을 보았다. 그럴 만도 했다. 첫날부터 의욕 제로의 백업 포수와 손발을 맞추게 되었으니까. 잘해 보려고 글러브까지 핥았는데 얼마나 상실감이 클까. 희수의 이상한 행동이 일종의 주술이 아닐까란 생각이 들자, 대윤은 그렇게 했음에도 자신과 합을 맞추게 된 희수에게 미안한 마음이 들었다.
'이왕 이렇게 된 거 잘해 보자고 해야겠지?'
"아, 씨."
분명 들었다. 나지막이 흘러나온 소리. 아마 본인도 같은 후보급으로 묶였다고 생각해서일 것이다. 딱 봐도 승태와 뛰는 게 주전이 보장되는 길이니까. 멋쩍어진 대윤은 잘해 보자고 내밀려던 손을 뒤로 감추고 아무 일 없다는 듯 그대로 스트레칭을 했다.
대윤은 벤치로 돌아와 가방 지퍼를 열었다. 하도 오랜만에 꺼내서인지 마스크와 글러브에서 퀴퀴한 냄새가 올라오는 바람에 아까 하지 못한 구역질을 하고 말았다.
고개를 들자, 손 감독이 대윤에게 불펜으로 가라고 소리쳤다. 장비 착용을 마친 대윤은 뒤뚱거리며 미리 마운드 위에 서 있던 희수에게 다가갔다.
"몸부터 푸는 게 어때? 스트레칭이나 캐치볼 같은 거."
"됐어."
얘는 뭐가 이리도 급하지? 아님, 몸도 안 풀고 던질 정도로 몸 상태가 좋은가?

"뭐부터 던질 건데?"

"속구."

플레이트 앞에 앉은 대윤은 마스크를 쓰고 미트를 내밀었다. 마운드 위의 희수에게서 왠지 모를 비장함마저 느껴졌다. 희수가 공을 던지려고 하자, 운동장에 있던 모두가 은근슬쩍 연습을 멈추고 희수의 투구를 지켜보았다. TV에 나온 아이의 공은 어떨까?

희수가 온 힘을 다해 공을 던졌다.

휙.

마치 커다란 독수리가 먹이를 낚아채는 듯한 폼이다.

'분명 강속구가 날아오겠지?'

대윤은 자기도 모르게 눈을 질끈 감았다. 그런데 어찌 된 영문인지 미트에서 아무것도 느껴지지 않는다.

'설마 포수마저 속이는 마구*?'

대윤이 살짝 눈을 뜨자 희수가 온 힘을 다해 던진 공이 옆으로 굴러가고 있었다.

데굴데굴.

데굴데굴.

킥.

---

* 상대편을 혼란스럽게 해서 속이는 투수의 공.

세상이 느리게 흘러갈 즈음 터진, 누군가의 눈치 없는 웃음.
뭐, 훌륭한 투수도 가끔 폭투를 던지니까.
희수는 어깨를 붕붕 돌리며 다시 공을 던질 자세를 취했다. 혹시, 이번에야말로?
휙.
다시 날아오는 공. 이번엔 미트 대신 땅바닥을 찍어 누르며 흙먼지가 튄다.
세 번, 네 번, 다섯 번….
희수의 투구가 늘어날수록 구경하던 애들이 시시덕댔다.
"와. 똥볼이다."
"저걸 똥볼이라고 하면 실례지. 완전 개똥볼 수준인데."
"저런 실력으로 어떻게 TV에 나옴?"
"똥 싸는 거 구경났어?"
딴에는 분위기를 풀어 주려고 한 말이었겠지만, 희수의 얼굴을 보더니 손 감독은 더 말하지 않고 더그아웃으로 총총히 걸어갔다. 이제 대윤은 희수가 내심 걱정스럽기까지 했다.
마운드 위 희수의 얼굴은 하얗게 질린 나머지, 금방이라도 눈물이 쏟아질 것 같아서 대윤은 마스크를 벗고 마운드로 달려갔다.
"더 던질 거야?"
"응."

"어깨 힘 빼고 천천히 해."

"나도 그 정도는 알아."

"그래."

대윤을 돌려보낸 희수는 모자챙 끝을 만졌다. 숨을 고르고 팔을 풀자, 동작이 아까보다 훨씬 부드러워진 게 느껴졌다.

좋아. 이번엔 감이 왔어.

두고 봐.

내가 돌아왔다는 걸 보여 줄 거야. 모두에게.

공을 던진다.

공이 날아온다.

응?

대윤의 시야에서 공이 사라졌다. 하지만 그것은 마구가 아니었다.

우우욱.

갑자기 대윤은 아랫도리가 찢어지는 듯한 고통을 느꼈다. 묵직하면서도 웅장한 고통이었다. 희수가 던진 공이 대윤의 미트가 아닌 사타구니를 정확히 강타했기 때문이다.

으아아악!

대윤은 그대로 바닥에 뒹굴었다. 하늘이 노래지고 식은땀이 줄줄 흘렀다. 놀란 선수들이 달려왔지만, 다리 사이를 부여잡고 뒹구는 대윤을 보며 어찌하지 못하고 얼굴만 찌푸리고 있었다.

다들 그 고통을 아니까. 손 감독이 달려와서 대윤의 엉덩이를 쳐주었다.

야구는 그만둘 거고 주전도 아닌데…. 왜?

다짐

 집에 오는 길이 평소보다 먼 것 같았다. 희수는 영 마음이 좋지 않았다. 열 개 넘는 공을 던졌지만, 스트라이크로 들어간 공이 하나도 없다. 스트라이크는커녕 폭투만 일삼다가 마지막에 던진 공으로는 포수를 보내 버렸다. 그 자식, 조퇴했다고 들었는데 괜찮으려나? 희수는 그 자리에 멈추었다.
 '내 어깨는 완전 맛이 갔을까? 아니야. 오랫동안 루틴을 지키지 않아서일 거야.'
 희수는 입술을 한 번 깨물고는 다시 걸음을 옮겼다. 그간 무리하지 않는 선에서 근력 운동만 했잖아. 불펜 피칭은 오늘 처음이었어. 희수는 오늘의 결과를 인정하고 싶지 않았다. 좀 더 노력하면 틀림없이 나아지겠지. 희수는 어떻게든 야구의 끝이 다가오는 걸 막고 싶었다.

여자 중학생이 고등학교에 가서도 야구를 하려면 여학생을 받는 야구부가 있는 고등학교로 진학하거나 소프트볼 선수로 전향해야 한다. 부모님 가게에서 먼 학교로 가는 건 무리니까 남은 건 소프트볼밖엔 없다. 겨레중학교에 있을 때 코치도 앞으로 소프트볼 선수를 해 보는 게 어떠냐고 진지하게 제안한 적이 있다. 하지만 희수는 그러고 싶지 않았다.

희수는 주머니 안 야구공을 만지작거렸다. 야구공을 다른 말로는 '하드볼'이라고 부른다. 하드볼을 손가락으로 채는 느낌은 소프트볼과는 비교도 되지 않는다. 더 작고 더 빠르고 더 다채롭고 더 날카롭다. 108개의 실밥을 손가락으로 돌리거나 짓이기며 만들어 내는 마법. 대기를 가르는 공에 타자의 방망이가 헛돌 때는 이루 말할 수 없이 통쾌하고 짜릿하다. 황홀할 정도로.

그래, 역시 난 야구를 해야 해. 야구공을 포수의 미트가 아닌 사타구니로 던지는 한이 있어도.

(경) 제10회 도지사배 전국 중학 야구 대회 개막 (축)

일시: 9월 10일부터 9월 18일까지
장소: 새천년 기념 운동장 / 시민 운동장
주최: 도 야구소프트볼 협회 / 사단법인 청소년 야구소프트볼 진흥회
후원: 서울체육사, MBS 스포츠, 선진 크로우스 프로야구단

플래카드를 보는 순간 희수의 온몸에 전율이 느껴졌다. 도지사배 전국 중학 야구 대회. 희수에겐 애증이 서린 대회지만 올해 다시 도전해 보고 싶다는 생각이 들었다. 야구 실력을 뽐낼 수 있는 사실상 마지막 기회니까.

그래, 다시 해 보자.

오늘은 단지 몸 상태가 좋지 않았던 것뿐이야.

보란 듯이 부활해서 중왕중학교를 우승시키는 거야.

뭐, 우승은 힘들 것 같지만…. 그래도 상관없어.

내가 나가는 경기는 무조건 승리로 이끌 거니까.

난 반드시 이길 거야.

결의가 얼마나 굳세었는지 희수는 반대편에서 누군가 자신을 향해 손을 흔드는 것도 모르고 있었다. 건널목에서 보행 신호를 기다리고 있을 때였다.

왠지 낯이 익었지만, 그가 누구인지는 기억나지 않았다. 신호가 바뀌어 희수가 길을 건너자, 남자가 먼저 희수의 안부를 물었다. 그제야 희수는 그를 기억해 냈다. 황준식. 남일고등학교의 스카우터.

남일고는 야구 좀 보는 사람이라면 모르는 사람이 없을 정도로 다수의 프로야구 선수를 배출한 야구 명문이다. 몇 년째 전국을 호령하고 있는 전통의 강호로 고등학교 레벨에서는 적수가 없다는 평이 있을 정도다. 남일고에서 주전으로 뛴다면 대학이

나 프로 구단 입단이 보장된다고 해도 과언이 아니다. 괜히 '야구 사관학교'로 불리는 게 아니다.

희수가 알기로 황준식은 남일고에서 10년 넘게 스카우터로 일하고 있다. 그도 그럴 것이 무명의 진종현을 발굴해서 신인왕과 MVP를 동시에 받는 선수로 키운 공로가 있기 때문이다.

'진종현. No.47. 선진 크로우스의 영원한 에이스. 나의 우상. 아, 근데 끝이 너무 좋지 않았어…. 한 번쯤 실수할 수도 있지. 야구로 잘못을 갚겠다고 눈물의 기자회견까지 했는데….'

희수는 한때 '열혈야구소녀'란 닉네임으로 크로우스 팬 카페에서 활동한 적이 있다. 진종현은 매년 하위권에서 맴돌던 크로우스에 나타난 구세주였다. 그런데 한 번의 잘못으로 모든 걸 잃게 되자, 희수는 진종현의 재능이 아까운 나머지, 한 번만 용서해 주면 안 되겠냐며 팬 카페에서 서명 운동을 주도하기도 했다. 그러나 희수의 노력에도 불구하고 진종현은 야구계에서 영원히 퇴출당하고 말았다.

희수는 지금도 가끔 진종현과 함께 크로우스에서 뛰는 멋진 상상을 하곤 한다. 최고의 재능을 가진 두 사람의 만남. 진종현이 선발로 등판한 경기를 오희수가 마무리하여 승리를 지켜 낸다. 9회 말 2사 만루의 위기. 타자 삼진! 진종현의 통산 100승을 올해 1년 차 신인 투수가 지켜 냅니다. 오희수 선수. 대한민국 여자 야구 선수 최초로 세이브를 거둡니다!

"오랜만이네. 뭐라도 마실래?"

"네? 네. 좋아요."

희수는 황준식 스카우터를 따라 편의점으로 향했다. 황준식은 캔 커피를, 희수는 스포츠 음료를 골라 편의점 밖에 놓인 의자에 앉았다. 희수는 황준식 스카우터와의 첫 만남을 떠올렸다. 전국 대회에서 희수와 겨레중학교가 첫 승리를 거둔 날 황준식이 먼저 희수의 부모님에게 다가와 명함을 내밀었다. 그는 그날 5이닝 무실점에 삼진도 6개나 잡은 희수를 입이 닳도록 칭찬하며 경기 운영도 잘하는 데다 화제성도 있어서 남학생들과 비교해도 경쟁력이 있다고 했다. 야구 명문 남일고에서 나를 주시한다고? 그때 얼마나 기뻤던지. 그런데 지금의 나도 괜찮을까?

"그간 잘 지냈어?"

"네. 그럭저럭요."

"어깨는 좀 어때?"

"어깨요?"

희수는 깜짝 놀랐다. 이런 무명 선수의 몸 상태도 알고 있다고? 새삼 황준식의 정보 수집 능력에 놀라움을 느낀 희수는 오늘 그를 만난 게 결코 우연이 아니란 생각이 들었다. 대충 둘러대고 남일고 야구부에 대해서나 물어보려던 희수는 생각을 바꾸어 그동안 자신이 얼마나 치열하게 재활했고, 또 얼마나 열심히 연습했는지 상세하게 말했다.

"그래서 재활하려고 학교도 휴학하고 1년간 서울에 있는 외할머니댁에서 보냈어요. 할머니 댁이 병원하고 가까웠거든요. 그런데 돌아와 보니 야구부가 없어질 줄은….”

"그때 겨레중학교 대단했지…. 그렇게 허무하게 없어질 팀은 아니었는데 말이야. 그럼, 지금은 어느 학교에 다니는데?”

"겨레중학교 코치님 소개로 중왕중학교에 왔어요.”

"중왕중학교? 거기도 야구부가 있었나? 아, 손병호 감독님 계신 곳이네.”

희수는 이야기의 화제를 돌릴 수 있어서 다행이라고 생각했다. 겨레중학교 얘기가 나올 때마다 왠지 주눅이 들어 무슨 말을 해야 할지 몰랐다. 작년 이맘때만 해도 올해 누구보다 열심히 야구를 하고 있을 줄 알았는데 불시에 찾아온 부상이 모든 걸 앗아 갔다. 하지만 희수는 하루라도 빨리 야구장으로 돌아가고 싶었다.

그래서 희수는 생활 전부를 야구에 대한 의지로 채웠다. 재활에 전념하려고 휴대전화도 해지하고 누군가에게 먼저 연락하지도 않았다. 가끔 태진이 문병을 오긴 했지만, 언제부턴가 그마저도 뜸해졌다. 결국, 태진이 전학 갔다는 말을 엄마에게 전해 들었다.

사실 희수가 먼저 연락할 수도 있었지만 그러지 않았다. 태진이 자신을 무심하다고 생각해도 어쩔 수 없었다. 희수는 영혼의 배터리에게 약한 모습을 보이기가 죽기보다 싫었으니까.

희수가 안으로 파고드는 동안, 밖에서는 많은 일들이 일어났다. 겨레중학교 야구부가 없어졌고, 야구부원들은 졸업하기도 전에 뿔뿔이 흩어졌다. 모두 야구를 그만두고 일반고등학교로 진학했다고 들었다. 먼저 연락을 피한 건 희수였기에 야구부 친구들과는 자연스레 멀어졌다.

"그때 너하고 같이 배터리 이루던 포수도 여자애였지, 아마?"

"네."

"그 애랑 지금도 연락하니?"

"아뇨, 어쩌다 보니."

"가만있자…. 걔 혹시 이태홍이 누나 아닌가? 이태홍 알지? 성도중학교 4번 타자."

"글쎄요."

"재활만 해서 모를 수도 있겠구나. 올해 중등부 최고 선수야. 내년에 우리 학교에 입학하기로 해서 기대가 아주 크다. 잘하면 진종현만큼 임팩트 있는 선수가 될지도 몰라. 선진 크로우스에서 이대로만 크면 무조건 1순위로 지명할 테니 잘 키워 달라고 하더라고. 하하하. 아무튼…. 저번에 태홍이네 가족하고 식사할 기회가 있었는데 그때 태홍이가 그러더라고. 자기는 누나한테 야구를 배웠다고."

희수가 태홍을 모를 리 없다. 태진이 연습장에 데리고 나오던

까무잡잡한 아이. 그러다 문득 궁금해졌다.

"그 여자애, 지금도 야구해요?"

"잘 모르겠지만, 별 얘기 없는 거 봐선 지금은 그만둔 것 같아."

"네…."

"너도 알다시피 여자 야구 선수는 흔치 않잖니. 자라면서 체력적으로나 기술적으로 남자애들에 비해 힘드니까. 고등학교에서도 선수 생활을 하고 있다면 아마 내가 알았겠지."

단지 차가운 음료 한잔 얻어먹었는데도 희수는 마음 한구석이 싸늘했다.

태진이가 야구를 그만뒀구나.

전국 대회 예선 통과는 해 본 적도 없는 약체 팀에서도 둘은 야구에 진심이었다. 희수와 태진이는 한 번도 연습을 빼먹은 적 없었고, 한 번도 경기에 집중하지 않은 적이 없었다. 경기에서 진 날, 분해서 울고 있는 사람은 언제나 둘이었다. 마침내 예선을 통과했을 땐 가장 먼저 서로를 찾던 두 사람. 그런데 야구를 그만뒀구나. 희수는 입술을 깨물었다.

'미안해, 태진아. 하지만 난 그만두고 싶지 않아. 비록 다쳤지만, 내가 갈 수 있는 가장 높은 곳까지 가 볼 생각이야.'

희수의 머릿속에 아까의 연습 투구가 스쳐 갔다. 스트라이크 하나 못 던지던 꼴사나운 모습.

안 되겠어. 이젠 정말로 연습뿐이야.

산 너머 하늘이 붉은색으로 물들면 은은한 피아노 소리가 들렸다. 집 앞 전신주의 아무렇게나 꼬인 전선이 마치 오선지처럼 보이는 그곳은 마을 어귀에 있는 붉은 벽돌집이었다. 녹이 슨 창틀 뒤로 놓인 낡은 피아노는 규칙과 조화의 징검다리를 건너고 있었다.

쇼팽 피아노 학원. 붉은 벽돌집 앞의 작고 푸른 대문. 그리고 그 위에 붙어 있는, 어울리지 않게 큼지막한 간판. 일반 가정집처럼 보이는 그곳은 실은 학원 운영을 겸하는 곳이었다.

대윤의 엄마, 피아니스트 정현숙은 오래전부터 가정집을 피아노 학원으로 개조하여 운영하고 있다. 명문대 음대를 졸업하고 한때 오케스트라와 협연까지 할 정도로 잘나갔지만, 지방 공연을 마치고 숙소로 돌아가던 중 음주 운전 뺑소니 차에 치여 하반신을 못 쓰게 되었다.

가끔 TV에서 음주 운전 사고에 대한 보도가 나오면 대윤은 얼른 채널을 돌리곤 했다. 그러나 엄마는 괜찮다고 했다. 그 일로 인해, 열성적으로 사고를 수습하고 급기야 뺑소니범까지 잡은 멋진 경찰관을 만났고, 이후 결혼해서 대윤을 낳았으니까. 그래도 대윤은 만일 그날 엄마가 사고를 당하지 않았다면 어땠을까 하는 부질없는 상상에 빠지곤 했다. 특히 유명 피아니스트의 독

주회를 볼 때면 그런 생각은 더욱 강해졌다.

올해 초, 아빠가 다른 지방에 있는 경찰서로 발령받은 뒤부터 파란 대문을 가진 붉은 벽돌집에는 엄마와 대윤 단둘이 살고 있다. 아빠가 이사 가자고도 했지만, 엄마는 이 동네가 좋다고 했다. 아마 자연과 함께 피아노를 연주할 수 있어서일 것이다. 봄엔 꽃들과 함께, 여름엔 풀벌레와 함께, 가을엔 낙엽과 함께, 겨울엔 눈송이와 함께. 엄마는 예전부터 대윤이 학교에서 돌아오면 피아노 연주를 들려주곤 했다. 주로 쇼팽의 곡이었다. 엄마는 쇼팽이 추억을 부른다고 했다. 그 말대로 엄마가 연주하는 곡을 듣다 보면 대윤은 잠시 과거로 시간 여행을 하기도 했다.

만약에 엄마가 그때 음주 운전 차에 치이지 않았다면 어땠을까? 사실 그런 부질없는 가정이 대윤에게는 하나 더 있다. 만약에 작년 마지막 경기에서 실수하지 않았다면 어땠을까?

배탈이 난 승태 대신 대윤이 나갔던 경기. 2사 주자 1, 2루. 3학년 투수 선배의 공은 나무랄 데 없었다. 그런데….

"이번 건 스트라이크 아니에요?"

"프레이밍* 했잖아. 아니야."

"아녜요, 들어왔어요."

대윤은 억울했지만, 일단 주심의 말을 따르기로 했다. 그러

---

* 포수가 투수의 공을 받는 순간 교묘하게 스트라이크 존 안쪽으로 미트를 당기며 심판의 눈을 속이는 행위. 부정행위나 반칙은 아님.

나 주심은 이후에도 계속 대윤이 프레이밍을 한다고 생각했는지 스트라이크 존으로 들어오는 볼을 전혀 잡아 주지 않았고, 볼넷으로 인해 주자는 만루가 되었다. 어쩔 수 없이 대윤은 투수에게 좀 더 낮게 던질 것을 요구했고, 그 결과는….

끝내기 홈런, 끝내기 안타는 몰라도 끝내기 포일*은 아주 가끔, 그것도 흔히 말하는 막장 팀(굳이 예를 들자면 선진 크로우스 같은)이 어이없게 패배할 때나 나올 법한데 그런 대단한 일을 대윤이 해냈다. 그것도 팀의 예선 통과 여부가 걸린 아주 중요한 경기에서 말이다. 대윤은 공도 못 잡는 포수였다. 고개를 숙이고 더그아웃으로 돌아온 대윤에게 다들 괜찮다고 말했지만, 대윤은 차라리 자신을 비난해 주길 원했다. 그 전에 들어온 공들은 분명히 스트라이크였는데…. 아니야, 정말로 내가 잘못 받은 걸까?

이후 대윤은 자신의 실력에 확신이 들지 않았다. 그 상태로 계속 야구를 하는 게 의미가 있을까 하는 생각까지 들었다. 진종현의 일탈은 여기에 기름을 부었다. 위태롭게 붙들고 있던 야구의 끈을 놓아 버리자, 야구가 재밌다는 생각도, 그래서 더 잘하고 싶다는 생각도 거짓말처럼 사라졌다. 감독님도 아빠도 엄마도 다시 생각해 보라고 했지만, 대윤은 더는 야구에 미련이 없었다. 엄마는 의욕을 잃어버린 아들이 걱정되어 피아노를 쳐 보라고 권했고, 대윤도 계속 걱정을 끼치고 싶지 않아서 엄마 말대로

---

* 포수가 투수가 던진 공을 잡지 못하고 뒤로 빠뜨리는 것.

해 보기로 했다.

"졸려?"
"아니. 뭐 좀 생각하고 있었어."
"그럼, 좀 격정적인 곡으로 바꿔 볼까?"

엄마는 악보를 바꾸고 다시 건반에 손을 올렸다. 뚱 하는 소리가 끝나기 무섭게, 소리가 소나기처럼 쏟아졌다. 흔히 '혁명'이라 부르는 연습곡 12번은 조국 폴란드의 독립운동이 러시아에 진압되었다는 소식을 들은 쇼팽이 격정과 울분에 싸인 채 써 내린 곡이란다.

"쇼팽을 배운다면 이 곡은 눈 감고도 칠 수 있어야 해. 그만큼 유명한 곡이니까."

"이걸 나보고 치라고? 가끔 엄마는 날 너무 과대평가하는 것 같아."

"아니야. 할 수 있어."

"내가 이걸 치면 쇼팽 아저씨한테 혼날 것 같은데? 너무 못 쳐서."

"처음부터 잘하는 사람이 어딨니? 엄마가 가르쳐 줄 테니까 조금씩 해 보자. 예술고등학교로 진학하긴 늦었어도, 3년 뒤에 음대는 갈 수 있을 거야."

"그건, 좀."

그렇게 말하면서도 대윤은 피아노 앞에 앉았다. 검은 건반과 흰 건반. 엄마의 손길이 지나간 곳을 따라갔다. 엄마의 지도를 따라 더듬더듬, 조금씩 조금씩.

"봐. 나아지고 있잖아."

대윤도 눈앞에서 벌어지는 일이 신기하기만 했다. 한계가 명확히 보이는 야구에 비해 엄마를 닮아 소질을 보이는 피아노가 더 나을지도 모른다는 생각이 불현듯 들었다.

"어깨에 힘을 좀 빼 보는 건 어때?"

"언제는 쇼팽이 열정의 피아니스트라며."

"그런 해석은 맘에 든다. 하지만 그렇게 힘주면서 건반을 누르면 곡을 다 치기도 전에 지쳐 버릴 거야. 연주도 야구만큼 완급 조절이 중요해."

"야구 얘긴 그만하라니까."

"아, 깜빡했다. 미안."

그때 피아노 위에 놓아둔 대윤의 휴대전화가 울렸다.

"받아 봐."

"모르는 번호인데."

대윤이 전화를 받자 웬 모르는 여자아이의 목소리가 들렸다.

"전화 잘못 거셨습니다."

대윤은 장난 전화라고 생각해 내용도 듣지 않고 전화를 끊으려 했다. 대윤은 어느 여자애하고도 연락처를 주고받은 적이 없으니까.

"아니, 잠깐! 잠깐! 김대윤 전화 아닌가요?"

"에?"

자기 이름이 나오자, 대윤은 휴대전화를 들고 재빨리 방으로 들어왔다.

"누군지…."

"나야."

"그러니까 누구시냐고요."

"너, 조퇴했다며. 거기는 좀 어때?"

"아, 그 똥볼…."

"뭐? 똥볼? 고자 되더니 정신 줄 놓았나 보네."

"걱정돼서 전화했냐? 보호대 차서 멀쩡해. 멍은 좀 들었지만…."

"다행이네. 그럼, 요 앞 근린공원으로 잠깐 나올 수 있어?"

"지금?"

"응."

어리둥절했지만 그래도 흥미가 생긴 대윤은 엄마에게 말한 뒤 밖으로 나왔다.

쇼팽 피아노 학원 앞 근린공원에는 밤인데도 사람들이 꽤 모여 있었다. 대부분 저녁 식사 후 운동을 하려는 이들이었다. 공원 한구석 어스름한 길의 가로등 밑에 누군가 서 있는 모습이 보였다.

"내 번호는 어찌 알고?"

"한승태."

"이 자식이 누구 맘대로…."

"연습 상대 좀 해 달랬더니 자긴 연습 끝나고 야구 클리닉 가야 해서 안 된다나. 그리고 투수 리드는 네가 더 좋다던데?"

"그건 맞는 말이지만. 날 불러낸 거하고 뭔 상관이야?"

"좀 도와줬으면 해서."

"뭘?"

"연습."

"난 이제 야구 안 해."

대윤은 희수의 얼굴에다 대고 심드렁하게 말했다.

"그것도 들었어. 그래서 네가 딱 좋다고 생각해. 적어도 넌 개인 성적에 목매진 않을 테니까. 나도 야구로 진학하려는 애들 귀찮게 하고 싶지 않거든."

"싫다면?"

"물론 공짜로 해 달라고 하진 않을게. 원하는 게 뭐야? 뭐 들어줄까? 심부름? 간식? 난 너보다 한 학년 위니까 공부를 가르쳐 줄 수도 있고."

"너나 나나 공부는 거기서 거기 같은데?"

"아니거든!"

"아무튼 헛소리할 거면 난 간다."

"야, 기다려!"

희수가 대윤을 붙잡았다.

"알았어! 돈 줄게. 돈! 얼마면 되냐?"

돈이란 말에 대윤이 고개를 빠르게 돌렸다.

"얼마 줄 건데?"

"만 원."

"수고해라."

"알았다! 이만 원! 됐냐?"

"몇 시간?"

"두 시간."

시간당 만 원이라…. 나쁘지 않은 제안이다.

"오케이. 무슨 훈련인데?"

"내가 한창 폼이 좋을 때 빼먹지 않고 하던 훈련이야. 어깨 다치고 나선 못했지만, 이제부터라도 제대로 하려고."

"제대로?"

"이번 전국 대회…. 잘하고 싶어서."

희수의 말에 대윤은 아무 말도 하지 않았다. 전국 대회에 진심인 애가 승태 말고 또 있구나.

"자유 계약 1년 남은 선수들이 훈련 열심히 해서 그해 반짝 최고 성적 찍고 대박 나는 것처럼 나도 고등학교 야구부 가려면 이번 대회 성적이 필요해."

희수는 쪽지를 내밀었다. 뭐지? 계약서인가? 가로등에 비춰 보니 쪽지에는 희수의 루틴이 깨알같이 적혀 있었다.

강속구를 던지자!

경기 하루 전 치킨을 주문. 단, 뼈 있는 걸로.
당일 아침, 세면 후 마법 수건으로 닦을 것.
유니폼은 왼쪽부터 입을 것. 입는 동안 하카를 멈추지 말 것.
유니폼을 다 입으면 하카를 멈추고 가슴을 세 번 팡팡 두드리며 외친다. 속구 좋아! 변화구 좋아!
경기 전, 스페셜 글러브 맛보기.

★투구 연습★
매일 오후 8시 19분부터 시작하여 러닝 7분, 캐치볼 17분, 롱 토스 27분, 피칭 37분간 47개. 이를 전부 쉬는 시간 없이 진행하여 오후 9시 47분에 모든 연습을 끝낸다. 연습 완료 후, 제대로 실밥을 쥐고 던지지 못한 실투 개수만큼 피칭 개수 추가.

"이 근본 없는 행동들은 다 뭐냐?"

"내 루틴이야. 너랑 다 할 건 아니고, 밑에 투구 연습이라고 적힌 것만 같이 해 주면 돼."

"그거 빼고 나머지는 공 던지는 거랑 상관없어 보이네."

"왜 이러셔? 메이저리그 명예의 전당에 올라간 전설의 3루수 웨이드 보그스는 무려 80개의 루틴이 있었대. 경기 전엔 반드시 치킨을 먹어야 해서 치킨을 하도 먹다 보니 나중엔 치킨 요리책까지 냈다고. 거기에 비하면 이 정도는 약과지. 안 그래?"

"그런데 괜찮겠어?"

"뭐가?"

"너 컨디션 좋았을 때 하던 훈련이라며. 지금 안 좋잖아."

"벌써 파트너라고 걱정해 주는 거야? 걱정 마. 내 몸은 내가 제일 잘 아니까."

희수가 웃으면서 말하자 대윤은 왠지 모를 불길함이 들었다. 이렇게 자신만만할수록 일이 잘못되는 꼴을 수도 없이 봐 왔기 때문이다. 그 빌어먹을 진종현이 올해는 반드시 크로우스를 우승시킬 거라고 장담할 때도 그랬다. 대체 어디부터 잘못되어서 이런 애랑 엮인 거지?

야구는 잊고 피아노만 치려고 다짐했는데…. 왜?

시합

단체 훈련이 끝나자마자, 희수는 근린공원으로 향했다. 근처 편의점에서 컵라면으로 대충 끼니를 때우고는 공원에서 몸을 풀었다. 그런데 한 시간이나 기다렸는데도 대윤은 나타나지 않았다. 이 자식 봐라? 기껏 생각해서 자기 집 근처로 연습 장소를 정했는데, 나보다도 늦어?

사실 희수는 특훈에 임하는 대윤의 태도도 썩 마음에 들지 않았다. 의욕도 안 보이고 설렁설렁 하는 것 같았다. 괜히 야구 그만두려는 놈을 붙잡았나? 그러고 보니 중왕중학교 야구부는 원래 분위기가 그런 것 같다. 뭔가 치열함이 없고, 의욕도 안 보인달까. 오히려 겨레중학교보다 심했다.

어제 희수는 대윤에게 앞으로 열심히 안 하면 시급을 반으로 깎을 거라고 했다. 대윤은 불성실하게 임한 적 없다면서도 자기가 돈값 못 했다는 사실은 인정했다. 그러고 나서 맞이하는 첫 훈련. 드디어 놈이 나타났다. 멀리서 휴대전화를 보며 느릿느릿 걸어오는 대윤을 보자, 희수는 대윤이 단지 상황을 모면하기 위해 거짓말했다고 확신했다. 희수는 대윤에게 달려가 휴대폰을 낚아챘다.

"무슨 짓이야!"

대윤이 화를 내자 희수도 지지 않았다.

"돈 받고 하는 거면 제대로 해!"

"제대로 하려고 이러는 거야."

"휴대폰으로 동영상이나 보면서 뭐가 어쩌고 어째?"

대윤은 다시 휴대전화를 빼앗아 희수에게 보여 주었다. 대윤이 보던 동영상은 어깨 보강 운동에 대한 전문 트레이너의 강의였다. 희수는 별말 않고 원래 있던 자리로 돌아갔다.

"글러브 핥는 것보단 이런 거 보는 게 더 나을 것 같은데?"

"닥쳐!"

대윤은 어쩔 수 없다는 듯 희수 옆에 섰다. 두 사람은 간단히 몸부터 풀었다. 어깨를 돌리고, 무릎을 굽혔다 폈다, 허리를 뒤틀었다 풀었다…. 맨손 운동 잠깐에 금세 온몸에 땀이 흘렀다. 희수는 땀을 닦으려고 가방에서 수건을 꺼내 들었다.

"그 걸레는 뭐냐?"

"울 엄마랑 똑같은 말 하네. 이거 걸레 아니거든? 얼굴을 닦기만 해도 구속이 3킬로나 오른다고."

"차라리 뒷산에 가서 돌탑을 쌓는 게 더 낫겠다. 공짜고, 등산하니까 체력도 좋아지고. 혹시 알아? 네 정성이 갸륵해서 뒷산 산신령님이 강속구를 던지게 해 줄지."

"그러니까 네가 야구를 못하는 거야. 잘 봐. 지금부터 프로가 하는 훈련법을."

희수는 땀을 닦은 마법 수건을 한 손으로 집어 들었다. 릴리스 포인트가 뭔지 아느냐는 희수의 말에 대윤은 코웃음을 쳤다. 이래 봬도 이론은 빠삭했다. 감독님 말동무하면서 이것저것 주워들은 것만 해도 노트 한 권은 채울 수 있을 정도로.

투수가 공을 던지는 순서는 '와인드업-킥킹-양손 분리-스트라이드-릴리스 포인트-팔로 스로'로 구분된다. 그중 릴리스 포인트란 공이 투수의 손을 떠나는 지점을 말하는데, 릴리스가 너무 빠르면 공이 양옆이나 위로 빠져 버리고 너무 느리면 공이 땅바닥으로 박혀 버린다. 릴리스 포인트가 일정해야 원하는 곳에 공을 던질 수 있다. 대윤은 그 빌어먹을 진종현이 적절한 릴리스 포인트를 잡으려고 수건을 쥐고 연습하던 게 기억났다. 하지만 지금 희수가 하는 동작들은 헛수고처럼 보였다. 희수는 어깨가 아직 온전하지 않으니까.

"그렇게 무작정 휘두르지 말고, 잘 봐."

"뭐?"

대윤은 아까 동영상에서 본 동작대로 희수의 자세를 교정해 주었다. 무릎을 꿇고 팔을 90도 각도로 만든 다음 팔꿈치를 일자로 나오게 하는 동작, 일어서서 다리를 11자로 만든 상태에서 허리 회전으로만 던지는 동작. 단계별로 투구 자세를 교정하는 방법이었다.

"아, 됐어, 됐어. 시급 깎는다고 그래서 갑자기 열심히 하는 거야?"

"됐다. 그냥 맘대로 해라."

희수가 정색하자, 대윤도 더는 강요하지 않았다. 하마터면 너무 앞서갈 뻔했다. 어차피 희수가 원하는 건 자신만의 방법대로 열심히 하는 거니까. 다시 제 역할을 깨달은 대윤은 희수의 루틴을 충실히 따르기로 했다. 적당히 하되, 적당히 하는 것처럼 보이지 않도록.

하지만 8시 19분부터 하는 루틴은 솔직히 장난이 아니었다. 7분간 공원 주변을 쉬지 않고 달린 후, 숨이 차오른 상태에서 바로 글러브를 끼고 17분간 가볍게 캐치볼을 한다. 그다음 27분간 롱 토스를 하고, 마지막으로 37분간 실전과 다름없는 47개의 공을 받아 내야 한다. 이 모든 훈련을 9시 47분까지 완료. 게다가 투구 연습 때 마음에 안 들었던 공이 있었다면 추가 투구까지 진행한다. 대윤은 연습이 모두 7로 끝나는 건 아무래도 상관없지만, 중간에 쉴 틈도 없는 건 너무하다는 생각이 들었다.

"헉헉, 아이고, 숨넘어가겠다…. 오늘따라 너무 힘드네. 당장 내일이 시합도 아닌데…. 좀 쉬었다 하자."

"앞으로도 이렇게 해야 해."

"더는 못 하겠어."

"좀만 참아!"

그러나 대윤은 롱 토스를 끝내자마자 곧장 편의점으로 향했다. 희수가 하도 시간을 딱 지켜야 한다고 해서, 무리하게 루틴을 진행하는 바람에 평소보다 빨리 지쳐 버렸다. 희수가 등 뒤에서 불러도 대윤의 귀에는 전혀 들어오지 않았다.

"됐어! 너, 아웃이야. 아웃! 필요 없어!"

생수를 사서 들고 오는 대윤에게 희수가 소리를 질렀다.

"인간적으로 중간에 숨 돌릴 타이밍은 주라. 그래야 물도 마시고, 화장실도 다녀오고 하지. 그러다 쓰러지면 어쩌려고."

하지만 희수는 대윤의 말을 들으려고조차 하지 않았다.

"도와준다며! 계속 이렇게 딴지만 걸래?"

"내가 언제 딴지 걸었다고 그래."

"자꾸 너 때문에 루틴 망가지잖아. 이 루틴은 이렇게 쉬지 않고 해야 나중에 추가 연습할 시간까지 나온다고. 경기 리듬도 찾을 수 있고."

"연습이 의미가 있는 거지 숫자에 집착할 필요는 없잖아. 7분 하면 어떻고 6분 하면 어때. 그게 어려우면 벌투…. 그래, 네가 말한 추가 연습 투구만이라도 횟수를 정해 놓고 해도 되잖아."

"싫어."

대윤의 말도 일리는 있지만, 희수는 대윤이 대충 때우려고 하는 것처럼 보여 짜증이 났다. 왜냐하면 47은 희수가 야구하는 내내 등번호로 달고 있는 특별한 숫자이기 때문이다.

47은 진종현을 완성시킨 숫자다. 진종현은 초등학교 때는 7번을, 중학교 때는 17번을, 고등학교 때는 27번을 달았다. 원래 대학에서 37번을 달려고 했지만, 바로 프로에 입단하는 바람에 프로에서는 37번 대신 47번을 달았다. 럭키 세븐. 그가 처음 야구를 만난 건 행운이었지만, 이후엔 야구에 일생을 걸고 싶어서, 진학할 때마다 야구를 10배 더 잘하고 싶은 마음에 10씩 더했다고 한다. 이 얼마나 멋진 말인가.

희수의 투구 연습은 진종현의 연습 루틴과 완전히 똑같다. 여기엔 진종현의 초등학교부터 프로에 이르는 야구 인생과 철학이 녹아 있기 때문이다. 7분간의 러닝은 야구의 기초를 다지는 시간이고, 17분간의 캐치볼은 야구의 재미를 알아 가는 시간이며 27분간의 롱 토스는 야구를 더 잘하려고 몸을 단련하는 시간이고, 마지막 37분간의 투구 연습은 야구의 기술을 연마하는 시간이다. 그리고 47개의 투구로 비로소 야구가 완성된다.

"다른 건 몰라도 투구 연습은 단 하나도 바꿀 수 없어."

"왜? 그 이유나 들어 보자."

"진종현은 이대로 하니까."

순간, 대윤은 오랫동안 잊고 있던 일 하나가 떠올랐다. 경찰청 야구단이 처음으로 퓨처스리그* 1위를 한 날, 간단히 회식을 했었다. 그때 진종현은 얼마 먹지도 않고 가 버렸는데, 홀로 숙소로 향하는 그에게 대윤이 왜 치킨을 안 먹냐고 물었다. 그때 진종현은 아무에게도, 심지어 아빠에게도 말하지 말라고 하더니, 실은 자긴 뼈 있는 치킨만 먹는다고 했다. 그건 대윤이 유일하게 알고 있는 진종현의 비밀이었다. 새끼손가락 걸고 죽을 때까지 지키기로 맹세했던.

"너 지금까지 했던 루틴들. 진종현 거 그대로 따라 한 거였어?"

"어. 근데. 뭐?"

"내가 지금까지 별 거지 같은 놈을 따라 하고 있었네."

"거지? 너 거지라고 했어?"

"그래! 더 심하게 말할 수도 있지만, 거지라고 했다. 너야말로 음주 운전해서 제명당한 새끼는 왜 말하는데?"

"진종현한테 얻어맞기라도 했냐? 왜 급발진하고 난린데?"

"그래, 얻어맞았다! 그 새끼한테. 아주 죽도록 얻어맞았다!"

그랬다. 따뜻한 손으로, 부드러운 말 한마디로, 사인으로….

---

* 한국 프로야구 2군 리그로 북부 리그와 남부 리그로 나뉜다. 원래 12개 구단이 있었으나, 경찰 야구단이 2019년에 해체되면서 현재는 11개 구단이 운영되고 있다.

그렇게 얻어맞다가 야구를 알고 난 뒤엔 음주 운전으로 뒤통수를 아주 세게 맞았다.

그러지 않았다면 대윤은 자신도 야구를 포기하지 않았을 것이라고 확신했다. 바라보던 목적지가 뿌리째 뽑혀 나가자, 그날로 대윤의 동력은 멈추었다. 더 나아가는 게 의미가 없으니까. 진종현이 술 마시고 운전대를 잡은 날, 야구 선수 진종현뿐만 아니라, 전국의 어린 야구 선수 여럿이 죽었다. 그런데 이게 뭐 하는 짓이야. 대윤은 자신도 모르는 사이 그 원수 같은 놈을 따라 하고 있었다는 사실을 믿기 힘들었다.

"야구만 잘하면 다른 건 아무 상관 없다고 말하는 파렴치한 놈들하고 네가 뭐가 달라? 그런데 그거 알아? 야구가 인생의 전부는 아니야. 진종현 같은 놈이 면죄부를 받을 정도로 세상이 호락호락하지 않다고."

"야구 잘하고 싶어서 좋아하는 선수 따라 하는 게 뭐가 어때서? 나라고 뭐 힘들고 어렵고 안 그런 줄 알아? 괜히 힘드니까 진종현 핑계로 난리야!"

"됐다. 나도 이제 돈 안 받을 테니. 부르지도 마라."

"나도 너 같은 놈하곤 상대도 하기 싫어."

"그래."

대윤은 다 마신 생수통을 쓰레기통으로 던졌다. 그래도 도와주려고 했는데, 이젠 될 대로 되라지. 범죄자를 따라 하는 일엔 절대 동조할 수 없다.

　희수는 터덜터덜 걷고 있었다. 오랜만에 루틴대로 연습을 끝냈지만, 전혀 개운하지 않았다. 그 녀석이 미웠다. 힘드니까 괜히 이상한 핑계를 대고 빠졌다. 자기야말로 정신이 썩어 있으면서. 그러니 졸업이 가까워졌는데도 주전을 못 하지. 그런데 그건 나도 마찬가지잖아. 조만간 시합인데 어떡하지? 갑자기 승태를 불러낼 수도 없고.

　스트레스 때문일까, 갑자기 어깨가 욱신거렸다. 어깨가 아플 때마다 희수는 그날이 생각났다. 그날, 힘을 조금만 빼고 던졌다면 내 인생은 달라졌을까?

　투수에게 어깨 부상은 치명적이다. 체계적으로 관리를 받는 유명 프로 선수에게도 그런데, 고등학교 야구부에 갈 수 있을지 없을지도 모르는 선수가 어깨를 다친다면 그 선수의 커리어는 그대로 끝이라고 봐야 한다. 희수는 하루에도 몇 번씩 어깨가 욱신거릴 때마다 그 공을 던지기 전으로 돌아가고 싶다고 생각했다. 그날 무리해서 몸 상태를 끌어올리지 않았다면. 그때 TV 방송에 나왔으니 더 잘하고 싶은 마음에 욕심을 부리지 않았더라면.

　어느덧 희수는 자신이 낯선 길로 걸어왔음을 느꼈다. 낯섦은 잠깐의 공포를 느끼게 해 줬다. 뭐야. 정신없이 왔잖아. 희수는 왔던 길을 돌아가려 하다가 걸음을 멈추었다. 낯설지만 실은 낯선 곳이 아니라고 느낀 순간, 희수는 자신이 영영 돌아갈 수 없는 길에 서 있음을 알았다.

해가 바뀌어도 도지사배 전국 중학 야구 대회는 여전히 권위 있는 대회였다. 올해 예선 리그는 9월 10일 수요일부터 9월 15일 월요일까지 치러지며, 일요일엔 경기가 없다.

A조	중왕중	양지중	동백중	무곡중	성도중
중왕중		9월10일(천)	9월11일(시)	9월13일(시)	9월15일(천)
양지중	9월10일(천)		9월12일(천)	9월11일(시)	9월13일(천)
동백중	9월11일(시)	9월12일(천)		9월15일(시)	9월10일(시)
무곡중	9월13일(시)	9월11일(천)	9월15일(시)		9월12일(시)
성도중	9월15일(천)	9월13일(천)	9월10일(시)	9월12일(시)	

(천) 새천년 기념 운동장, (시) 시민 운동장

대윤은 중왕중학교가 속한 예선 A조의 일정을 물끄러미 바라보고 있었다. 공교롭게도 A조에는 만년 우승 후보이자, 중등부 리그 최강의 타자 이태홍이 속한 성도중학교도 포함되어 있어서 아쉽지만 조 2위를 노려야 할 것 같았다. 하지만 성도중학교를 제외한 다른 네 팀도 똑같은 생각을 하고 있을 터라 어느 하나 만만히 볼 상대가 없었다.

첫 상대인 양지중학교는 올해 첫 출전 팀이라고 한다. 시합 전, 양지중학교의 감독이 손 감독을 찾아왔다. 프로에 있을 때 잠깐 손 감독의 지도를 받은 적이 있다고 했다. 두 사람은 간단히 티타임을 가졌는데, 쉰이 넘은 감독은 팔순의 스승 앞에서 살살 해 달라며 애교를 부렸다. 손 감독이 껄껄 소리 내어 웃을 정도로 화기애애한 분위기였지만, 양지중 감독이 돌아가자 손 감독은 언제 그랬냐는 듯이 얼굴이 싹 굳어졌다.

"느이들, 승부의 세곈 냉정한 거 알제?"

"넵."

"첫 출전은 쟈들 사정이고, 우린 우리끼리 빠이팅 하면 되는 거여. 자, 다들 빠이팅 허자. 승태가 선창혀."

승태가 모두의 손을 모았다.

"자, 가자! 중왕! 중와앙! 파이팅!"

"파이팅!"

이게 전국 대회구나. 대윤은 평소와 다른 분위기를 느끼며 큰 대회란 게 실감이 났다. 모두가 진지한 얼굴인 가운데, 누군가에겐 경기에 참가한다는 기쁨이, 누군가에겐 기량을 뽐내어 스카우터의 눈에 들겠다는 의지가, 그리고 누군가에겐 경기 자체를 즐기려는 마음이 엿보였다. 그런데 유독 한 사람에게선 아무 감정도 읽을 수 없다. 대윤은 모른 척했지만, 사실 아까부터 희수가 신경 쓰였다. 완전히 토라졌는지 그제부터 말 한마디 걸지 않았다. 그래도 전국 대회에 그렇게 나가고 싶어 했는데, 왜 저런 얼굴을 하고 있지?

'혹시 주전으로 뽑히지 않아서? 아님, 내가 진종현 욕한 게 여태 기분 나쁜가? 요즘 무리해서일 수도 있어. 오랜만의 경기라 긴장해서일지도.'

"늬들 둘이 일루 와 봐."

"네?"

갑자기 손 감독이 희수와 대윤을 불러 세웠다.

"둘이 얼굴이 와 그려? 싸웠냐?"

"아뇨. 누가 싸웠다고 그래요?"

"안 싸웠어요."

"싸웠으면 얼렁 화해허고. 이제부터 둘에게 아주 중대한 임무를 줄 거닝께."

"뭔데요?"

"둘을 우리 학교 '보배'로 임명한다."

"보배요?"

"보배는 보조 배터리란 뜻이여. 늬들 핸드폰 쓰냐 안 쓰냐."

"쓰지요."

"그 핸드폰 빠떼리 나가면 뭐가 필요하냐? 충전이잖어. 그 충전을 하기 전까지 팀이 버틸 힘을 주는 게 바로 보조 빠떼리의 임무다 이 말이여."

"아…. 전 또 주전 배터리가 아니란 뜻인 줄 알았죠."

"뭐, 그런 뜻도 없잖아 있는듸…. 암튼 기다려 봐. 오늘 느이 둘이 경기 나갈 것 같은 예감이 무지막지하게 드니께."

대윤은 다른 때 같으면 경기 안 나가도 된다며 손사래를 쳤겠지만, 오늘은 별말 하지 않았다. 자기보단 자신과 한데 묶여서 보조 배터리가 되어 버린 희수가 마음에 걸렸기 때문이다.

	1	2	3	4	5	6	7	8	9	R
중왕중	1	0	2	1	0	0	3			7
양지중	0	0	0	0	0	0				0

손 감독의 주문대로 중왕중학교 선수들은 상대가 신생 팀이라고 방심하지 않고 차근차근 점수를 올리더니 7회까지 무려 7점이나 얻어 냈다. 특히 양지중학교 선수들의 실수를 집요하게 공략했다. 끈기 있게 볼을 골라내 상대 투수를 당황하게 했고, 센스 있는 도루로 상대 수비를 흔들었다. 이미 정신이 나간 듯한 상대 팀 선수들이 조금 안타까워 보였지만, 손 감독의 말대로 승부의 세계는 냉정한 법이다.

"요번 회에 나갈 준비 혀."

7회 말 수비에 들어가기 전, 손 감독은 무실점으로 잘 막고 있던 김희준과 한승태 배터리를 내리기로 했다. 더그아웃 칠판에는 한승태 대신 김대윤의 이름이 쓰여 있었다. 그리고 대윤과 배터리를 이룰 투수는 오희수였다.

"승부는 이미 기운 것 같은데요?"

"거참, 콜드 게임도 몰러?"

"게임을 얼려 버리라고요?"

"이눔아, 장난칠 정신은 있는갑네. 5회랑 6회는 10점, 7회랑 8회는 7점 차면 콜드 아녀."

"저랑 희수가 7회를 틀어막아서 콜드 게임을 완성하라는 말씀인 거죠?"

"이제야 말귀를 알아먹네. 친구들 쉬게 해 줄 수 있겄냐?"

"알겠어요. 맡겨 주세요."

야구에서 5회 이상 경기를 마친 후, 대회 규정에서 정한 것 이상으로 점수 차가 나거나, 강우 등으로 경기가 더 이상 불가능할 때 심판이 경기를 중단하고 승패가 미리 결정되는 게임을 콜드(Called) 게임이라 한다. 규정에 따라 콜드 게임으로 승리하려면 지금의 점수 차를 다음 회에도 유지해야 한다.

손 감독의 말을 들은 대윤의 눈빛이 사뭇 진지해졌다. 야구에 집중한 게 얼마만의 일인지는 중요하지 않았다. 대윤은 자리에서 일어나 구석에 멍하니 앉아 있는 희수의 뒤로 다가갔다. 이유야 어찌 되었든 같이 나가야 하니까. 대윤은 희수의 귀에 대고 "야!"라고 외쳤다.

"악! 뭐야!"
"오늘 글러브는 잘 핥았냐?"
"싸우자는 거지?"
"싸움은 경기 끝나고 하자. 일단 지금은 출동이다."
"뭐?"
"우리 경기 나가래."

"중왕중학교 선수 교체. 투수 47번 오희수, 포수 22번 김대윤."

장내 방송과 함께 전광판의 이름이 바뀌었다.
대윤은 보조 배터리인 자신들이 엄청 어려운 승부를 할 것이라곤 생각하지 않았다. 단지 이대로 경기를 끝내기만 하면 된다. 비록 무실점이라는 조금 어려운 조건이 붙어 있긴 해도 여기서 잘하면 다들 일찍 귀가할 수 있다. 아웃 카운트 세 개만 잡으면 된다.
문제는 희수였다. 갑작스러운 등판이라 몸 상태를 끌어올릴 시간이 있었을지 의심이 들었다. 그러나 대윤의 염려와 달리 희수의 몸 상태는 괜찮아 보였다. 다만, 조금 얼떨떨한 것 같았다.
주심이 "플레이 볼!"을 외치자, 희수는 깊게 숨을 들이켰다. 약간의 침묵 후, 희수가 공을 던졌다. 아무 생각 없는 공. 그러자 놀랍게도 스트라이크 존 안으로 공이 들어왔다. 이 정도면 제구는 걱정 없어 보이지만, 문제는 구위, 즉 공의 위력이었다. 볼 끝에 힘이 없어서 제대로 맞으면 장타가 나올 것 같았다. 2볼 1스트라이크의 상황에서 대윤은 급히 타임을 외치곤 마운드를 향해 걸어갔다.

"긴장되냐?"

"…."

"저번 일 아직 마음에 두고 있다면 미안하다. 진심이야."

"…."

"사실… 나도 진종현 엄청 좋아해. 아니, 좋아했지. 사인도 모셔 둘 정도로."

"거짓말하지 마."

"믿기 싫으면 관둬. 그런데 잘 봐. 여기서 지금 네가 믿을 사람이 누구인지. 홀로 서 있는 마운드 위에서 믿을 사람. 나 말고 또 누가 있어?"

대윤의 말이 끝나자, 희수는 두 눈을 꾹 감았다.

"좋아…. 이제 어떻게 할 건데?"

"속구 위주로 사인을 줄게. 가장 자신 있는 공을 던져."

희수는 깜짝 놀랐다. 지금 작년 경기에서 뛰고 있는 건 아닌지 착각이 들 정도로.

"루틴도 제대로 못 해서 자신 있는 공이 없지만…. 해 볼게."

"지금은 아무 생각 하지 말고 내 미트만 봐. 루틴? 그냥 했다고쳐. 승패는 거의 결정 난 것 같지만, 대충 하지 말고 최선을 다해. 아니, 최선을 다하지 말고 무조건 잘해야 해. 그러면 나는 몰라도 너는…. 다음 경기부터 승태하고 호흡을 맞출 기회가 있을 거야. 넌 야망도 있고, 열심히 하니까."

희수는 정신이 번쩍 들었다. 희수가 자꾸 어딘가로 숨었던 건 대윤과의 일 때문만은 아니었다. 다시 맞이한 전국 대회. 1년 만의 등판. 재활 이후 첫 실전. 마치 대윤이 희수에게 숨어 있을 때는 지났다고 말해 주는 것 같았다.

'뭘 꾸물거려? 주목받을 기회야.'

대윤은 희수에게 다시 전기가 통하게끔 했다. 지지직. 배터리가 다시 가동되는 순간.

희수는 떠올렸다. 이 붉은 마사토 언덕을 얼마나 밟고 싶었는지. 하얀 로진*을 얼마나 만지고 싶었는지. 사람들의 응원, 따뜻한 공기, 공 하나하나에 집중하는 모습, 온몸의 솜털과 땀구멍이 18.44미터 떨어진 홈플레이트로 향해 있는 시간. 열정. 글러브 안에서 로켓 발사를 앞둔 작고 동그란 인공위성.

타자가 다시 타석에 들어서자, 희수는 와인드업에 들어갔다. 몇 년이나 몸에 익힌 동작이었다.

휘익.

펑.

---

* 투수가 공을 던질 때 미끄러움을 방지하려고 손에 바르는 송진 가루.

희수가 던진 공은 스트라이크 존 한가운데로 향했지만, 타자는 방망이를 뻗을 생각조차 하지 못했다. 전광판에는 127킬로미터가 찍혔다. 어째서지? 루틴을 지키지 않았는데, 어째서? 하지만 희수는 다른 생각을 품기도 전에 곧바로 다시 준비 자세에 들어갔다. 이 느낌을 잃어버리고 싶지 않았다. 어깨를 다치기 전에 던지던 그 공을 지금 던지고 있었다. 루틴을 하지 않았는데도.

펑.

펑.

"삼진 아웃! 오희수 선수. 타자를 깔끔하게 잡아냅니다."

와아아아.

아무것도 들리지 않아.

심장이 터질 것 같아.

하지만, 기분 째진다.

이게 바로 야구를 포기할 수 없는 이유야.

괴상한 행동을 하면서까지 야구를 이어 가는 이유야.

희수는 대윤을 쳐다보았다. 대윤은 이제야 긴장이 풀렸는지 글러브를 벗고 엄지를 치켜올렸다. 희수도 이에 호응하려다 다음 타자가 타석에 들어오는 걸 보고 다시 긴장의 끈을 잡았다. 이제 원 아웃이다. 이닝을 마치려면 두 타자를 더 잡아야 한다.

딱.

타자는 희수가 던진 변화구를 받아쳤지만, 공은 2루수 쪽으로 힘없이 굴러갔고 2루수가 타구를 잡아 1루로 던져서 여유롭게 타자 주자를 아웃시켰다. 희수는 꿈을 꾸는 것만 같았다. 마법 수건으로 얼굴을 닦지 않아도, 진종현의 글러브를 맛보지 않아도, 유니폼 앞에서 마오리족의 하카를 추지 않아도 공을 제대로 던지고 있다. 하도 어이가 없어서 웃음이 나올 정도로. 이제 콜드 게임 승리까지 단 한 타자만 남았다.

그때 포수 뒤편 관중석에서 동요가 일어나는 게 보였다. 다른 경기장에서 이제 막 경기를 마친 성도중학교 선수들이 와 있었다. 전력 분석하러 온 건가? 불현듯, 아는 얼굴이 희수의 눈에 들어왔다. 중등부 리그 제일 타자. 희수의 머릿속에 엊그제 일이 급류처럼 차올랐다.

"오희수?"

가로등 아래 서 있던 소녀의 말에 희수는 대답조차 잊고 말았다. 말 그대로 얼어붙어 버렸다.

"맞지? 맞네! 몰라보겠다."

"잘… 지내지?"

희수가 기어들어 가는 목소리로 대답했다.

"나야 잘 지내지."

"이 시간까지 집에 안 가고?"
"학원 다녀오는 길이야. 넌 이 시간에 웬일이야?"
"연습하다가…."
"어깨는? 다 나았어? 이젠 괜찮은 거야?"
"응."
"야구 다시 하는구나! 역시 너라면 그럴 줄 알았어."

태진이 희수를 보며 미소 지었다. 하지만 그 미소를 보는 희수는 오히려 자리를 피하고 싶었다. 태진은 언제나 그랬다. 모질지 못한 아이. 언제나 희수의 의견을 따라 주던 아이. 까칠하게 굴어도 싫은 내색 하나 않던 착한 아이.

"너는?"

반사적으로 튀어나온 말에 불과했지만, 희수는 그렇게 말한 걸 바로 후회했다. 비록 야구란 단어가 포함되지 않았어도, 그 느낌만으로도 듣기 힘든 말일 텐데. 다시 어색해진 공기가 감돌 무렵, 머뭇거리는 태진 대신 누군가가 희수에게 대답했다.

"그만뒀다. 누구 때문에."

희수의 등 뒤에서 비수같이 날아온 대답의 주인공은 태홍이었다. 희수의 목뒤가 싸해졌다. 아직 겨울이 온 것도 아닌데 밤바람이 차갑게 느껴졌다. 희수가 돌아보자, 태홍이 희수를 노려보고 있었다.

"태홍아, 그게 아니라…."

"누나는 잠깐 빠져 봐. 희수 누나도 알 건 알아야지. 누나가 그때 속구 사인만 내서 희수 누나 팔에 무리가 가게 했다고, 그래서 희수 누나 다친 거라고 자책했잖아. 야구도 그만둬 버리고, 우울증 약까지 먹고…. 그런데 누나가 그 지경이 되었는데도 이 누나는 연락 한 번 안 하더라. 영혼의 배터리? 웃기고 있네. 자기 편할 때만 찾으면서 영혼의 배터리는 무슨."

다 맞는 말이다. 희수는 태홍에게 욕먹는 건 아무렇지 않았지만, 오히려 그런 태홍을 말리는 태진을 보며 가슴이 무너지는 것 같았다. 태진이가… 나 때문에 야구를 그만뒀다고? 그럴지도 모른다고 생각했지만, 그래도 애써 아니라고 부정했었다. 태진에게 좋은 모습만 보여 주고 싶었던 욕심이 결국, 친구의 아픔을 외면하는 것이었다니.

"그게 아니라 태홍아. 그때 야구부가 갑자기 없어져서 힘들었던 거야. 희수 때문이 아니야."

태진의 해명이 끝나기도 전에 희수는 뒤돌아 달렸다. 또 도망친다. 어깨를 다쳤던 그때처럼. 그러지 않으려고 했는데…. 하지만 희수는 무서웠다. 너무 무서워서 태진의 얼굴을 마주할 수 없었다. 태진이 뒤에서 희수의 이름을 불렀지만, 희수는 돌아보지 못했다. 태진이가 나 때문에. 고작 나 같은 것 때문에 그 좋아하던 야구를 그만뒀어. 우린 겨레중 영혼의 배터리였는데 난 내 영혼의 짝꿍에게 상처를 입히고 말았어.

소중한 친구의 마음을 다치게 했다는 생각이 희수를 견디기 힘들 정도로 옥죄었다. 태진이도 지금의 나와 같았겠지? 그래서 야구를 포기했겠지? 그런데 난 지금 뭐 하고 있는 거야? 내게 야구를 계속할 자격이 있을까?

둑방 길 하천으로 오물이 흐르고 있었다. 그래, 난 오물이야. 이대로 하수구로 빨려 들어가 버렸으면.

방망이에 맞은 공이 2루수의 키를 넘어갔다.

대윤은 희수에게 좀 더 낮게 던지라는 의미로 두 팔을 아래로 뻗었다. 마지막 타자라 긴장이 풀려서일까. 가운데로 느린 속구를 던지는 건 맹수에게 먹잇감을 던져 주는 것이나 다름없다.

펑.

뒤이어 던진 공은 스트라이크 존에 턱없이 못 미치더니 급기야 상대 타자의 몸을 맞히고 말았다. 다시 시작된 제구 난조. 콜드 게임까지 아웃카운트 하나만 남긴 채 다음 타자에게 볼넷까지 내주며 만루의 위기가 찾아왔다. 손 감독이 마운드로 올라와 잠시 경기 템포를 끊었다.

"갑자기 뭔 일 난 겨?"

"아닙니다."

"잘혀 봐. 두 타자 잘 잡고 와 그러는 겨?"

희수는 마음을 다잡았다. 소매로 땀을 훔치고 이를 악물었지만, 이상하게도 어깨에 힘이 들어가지 않았다. 어깨가 돌아가는 걸 뭔가가 억지로 막고 있는 것 같았다.

'그날, 난 어깨만 다쳤는지 몰라도 태진이는 마음을 다쳤어. 난 대체 왜 나 하나 괴롭다고 주변 사람들마저 아프게 했을까?'

희수가 이를 악물고 던진 공은 대윤의 키를 훌쩍 넘겨 뒤로 굴러갔다. 당황한 대윤이 공을 주우러 달려간 사이 3루 주자는 여유롭게 홈으로 들어왔다.

"욕봤다…."

손 감독이 마운드로 나와 희수의 등을 쳐 주며 투수를 교체했다.

희수는 더그아웃까지 어떻게 걸어왔는지 기억나지 않았다. 하나 기억나는 건 관중석에서 태홍이 표정 하나 변하지 않고 희수의 투구를 지켜봤다는 것이다.

다음 투수가 안타를 맞아 희수가 내보낸 주자가 모두 홈으로 들어오는 바람에 희수의 자책점은 3점이 되었다. 손 감독은 아무 말도 하지 않았다. 결국, 중왕중학교는 7회에 끝냈어야 할 경기를 9회까지 끌고 갔고, 안 써도 되는 선수까지 총동원하고 나서야 7대 3으로 이겼다.

"어려운 경기 잘 마무리해 줘서 고맙구먼."

경기를 마치고 들어오는 대윤에게 손 감독이 무심한 듯 말했다. 대윤은 매번 감독님과 농담 따먹기만 하다가 제대로 된 칭찬을 들으니 얼떨떨했다. 모두가, 포지션 라이벌인 승태까지 대윤에게 축하 인사를 건넸다. 그런데 대윤은 뭔가 씁쓸한 느낌을 지울 수 없었다. 대윤의 눈에 더그아웃 한구석에 쪼그리고 앉아 있는 희수가 들어왔다. 갑작스러운 난조. 그래도 부상 후 첫 등판에서 이 정도 보여 줬으면 잘한 건데. 자신을 좀 더 칭찬해 줘도 될 텐데.

"야구 너 혼자 하냐? 어쨌든 이겼다는 게 중요하잖아."

대윤의 위로에도 희수는 고개를 숙인 채 땅만 보고 있었다.

시합에서 이겼는데…. 왜?

마구

피아노 위에 야구공을 담은 아크릴 상자가 놓여 있다. 어제 경기가 끝나고 동료들이 챙겨 준, 대윤의 공식 경기 첫 승을 기념하는 공인데, 대윤의 엄마가 이런 건 가보로 남겨야 한다며 아크릴 상자에 넣었다. 오래 바라던 일이 이뤄졌는데도 대윤의 마음은 기쁘다기보단 복잡하기 이를 데 없었다.

희수가 전화를 받지 않는다. 오늘 학교에도 나오지 않았단다. 왜일까? 대윤은 그런 희수가 신경 쓰여서 아까부터 애꿎은 건반만 누르고 있었다. 땅땅땅땅. 의미 없는 선율의 반복. 엄마가 아직 레슨 중이라서 말동무할 사람도 없다. 땅땅땅땅.

대윤은 어제 경기를 곱씹어 보았다. 분명 완벽하진 않았지만 나쁘지도 않았다. 좀 더 집중했더라면 감독님의 시나리오대로 되었겠지만, 어디 세상일이란 게 그렇게 쉬울까. 갑자기 희수의 집중력이 흐트러졌던 이유는 뭘까? 마지막이란 압박감이 희수를 잡아먹어서일까?

쏴아아아.

추적추적 내리던 비는 어느새 폭우가 되어 있었다.

레슨을 마치고 온 엄마가 대윤의 피아노 연주를 봐주었다. 대윤은 창밖의 빗소리를 들으며 연습곡 10-3번 〈이별의 노래〉를 연주했다. 쇼팽의 곡 중에선 느린 편에 속했다. 엄마가 이 곡을 선택한 까닭은 요즘 피아노를 치는 대윤의 어깨에 힘이 많이 들어간다고 생각해서였다. 이유야 어찌 되었든 부드럽고 느린 선율이 빗소리와 잘 어울렸다. 그러나 점점 거세어지는 빗줄기 때문일까, 대윤의 연주도 원곡보다 훨씬 빨라졌다.

"잠깐."

갑자기 엄마가 대윤의 연주를 멈추었다.

"왜? 틀렸어?"

"틀리진 않았는데, 누가 쫓아오니? 이 곡은 쇼팽이 첫사랑과 이별하고 마음이 가라앉은 상태에서 만든 곡이야. 그러니 손도 마음도 무겁게 쳐야 해."

"그럼, 그냥 느리게 치면 되나?"

"그렇다기보단 뭐랄까, 말로 표현하긴 힘든데…. 무작정 느리게만 치란 뜻은 아니야. 연주해 보면서 스스로 느낌을 파악하는 수밖에. 엄마가 옆에서 들어 보고 이 정도면 되었다 싶을 때

알려 줄게."

"엄마, 근데 말이야. 느린 것도 아름다울 수 있을까?"

"갑자기?"

"그냥. 그런 생각이 들었어."

"하긴, 네가 남들보다 늦게 피아노를 배우니까 그런 생각이 들 수도 있겠다. 지금까지 열성적으로 한 건 야구였잖아. 그렇지?"

"그래서 그런 생각이 드는지도 모르지. 근데 정말 궁금하긴 해. 느린 게 무슨 의미가 있을까? 느리다는 게 말이야. 지루할 수도 있고, 축 처질 수도 있고, 때에 따라선 하찮게 보이기도 하잖아. 사람들도 다들 빨리빨리 하고…. 그러니까 느림은 별 의미가 없지 않을까? 그저 빠름을 돋보이게 하기 위한 뭔가니까."

"글쎄…. 뭐가 옳은지는 잘 모르지만, 엄마 생각은 조금 달라."

엄마는 대윤 대신 피아노 의자에 앉더니 두 손을 건반 위에 얹었다. 잠시의 공백이 지나고, 숨소리가 잦아드는 순간, 엄마의 연주가 시작되었다. 나중에 안 것이지만, 쇼팽은 이 곡을 쓰고 나서 이토록 아름다운 선율을 들은 적이 없다고 자찬했다고 한다. 그것은 단순히 첫사랑과 헤어졌기 때문만은 아닐 것이다. 조국 폴란드를 떠난 이후, 한 번도 가 보지 못한 곳에 대한 그리움, 애달픔, 애절함, 외로움. 빠른 건반 사이에 채워지지 못하는 것들이 느린 건반 사이로 스며들었다. 엄마의 연주를 들으며 대윤은 생각했다. 느림은 때로 빠름보다 아름다울 수도 있구나. 야구도 마찬가지 아닐까? 꾸물대는 공기를 자르는 것이 아니라 뭔가를 채워 넣으면, 공은 다채로움 안에서 흔들릴 것이다. 공기를 주무르는 그런 공을 던진다면 어떨까?

"나 잠깐 밖에 나갔다 올게."

"이렇게 비가 오는데 어딜 가려고?"

"엄마가 말한 그 '느낌'이란 거 뭔지 조금은 알 것도 같아서."

희수는 벽을 향해 공을 던졌다. 하지만 공은 벽에 닿지도 못하고 바닥으로 떨어지기 일쑤였다. 스스로 생각해도 크게 의미 있는 행동은 아니었다. 이유가 뭔지 정확히 알 순 없었다. 어제 경기를 망쳐서인지, 부상 재발에 대한 두려움 때문인지. 어쩌면 둘 다일 수도 있지만, 분명한 건 뭔가 가슴을 꽉 틀어막고 있다는 점이다.

"이런 날은 좀 쉬어라."

대윤이 우산을 들고 서 있었다. 희수는 비에 흠뻑 젖어 있었다.

"그런다고 공이 빨라지기라도 하냐?"

"…"

"오늘도 루틴 해?"

"…"

"그렇게 풀 죽어 있는다고 뭐가 달라져?"

"…."

"말할지 말지 고민했는데, 네 꼴을 보니 말해야겠다. 사실 어제 경기를 망친 건 내 잘못이 더 크다고 생각해. 네가 갑자기 흔들리는 모습을 보고 나도 당황해서 아무 생각도 나지 않았거든. 아마 승태였으면 타임으로 끊고 다시 갔을 거야. 그게 아마 주전과 후보의 차이겠지. 네가 나하고 엮여서 보조 배터리로 가는 게 나도 미안하지만, 그래도 경기가 남았으니…."

희수는 대윤을 향해 공을 던졌다. 그래도 힘 조절은 했는지, 공은 대윤 앞에서 툭 떨어졌다.

"그래, 차라리 맞혀라. 이렇게 해서라도 분이 풀린다면야 얼마든지."

"나 때문이야."

"뭐?"

"나 때문이라고!"

희수가 금방이라도 울 것 같은 얼굴을 하고 주저앉자 대윤은 머릿속이 새하얘졌다. 놀라기도 하고 미안하기도 해서 무슨 말을 해야 좋을지 전혀 떠오르지 않았다. 차라리 평소처럼 자기더러 투수 리드가 구리다거나 후보라서 실력이 없다고 말하는 게 더 나았다. 그러면 쿨하게 인정하고 넘어갈 텐데. 이렇게 나와 버리면 참, 뭐라고 해야 할지.

"고작 한 경기 가지고 뭘 그래. 아직 대회 안 끝났어."

"난 이제 열심히 안 할래. 내가 열심히 할수록 나도 다치고 친구도 다쳐. 열심히 할수록 공 던지는 게 무서워져. 아직 130도 못 던지면서 어깨가 아파. 공이 마음먹은 대로 가지도 않고. 구속도 느리고 제구도 안 되는 투수를 어느 학교가 원할까? 벌 받은 거야. 내 마음이 괴롭다고 친구까지 버렸으니 그럴 만도 해."

"그딴 소리 할 거면 차라리 글러브를 핥아라. 찌질하게 굴지 말고."

"몰랐어? 나 원래 찌질해."

"뭐가 원래 그래!"

이번엔 희수가 놀란 눈으로 대윤을 쳐다보았다. 의욕이라곤 전혀 없는 놈인 줄 알았는데. 대윤은 아랑곳하지 않고 말을 이었다.

"난… 네가 아주 멋진 야구 선수라고 생각해."

"뭐가 멋져? 실력도 없고, 재능도 없고, 이상한 루틴들만 잔뜩 있는데."

"너의 근성, 노력…. 솔직히 난 너처럼 못 해. 이태홍이나 한승태처럼 야구를 잘하지도 못하면서 노력도 안 하고 잘할 생각도 없어. 그래서 지레 포기했어. 근데 넌 안 그렇잖아. 나도 알아. 네가 끝이 오는 걸 얼마나 두려워하고 있는지."

"네가 그걸 어떻게 아는데?"

"난 그 끝을 이미 받아들였으니까. 그런데도 널 보면 나도 흔들려. 나도 야구를 잘하고 싶단 생각이 막 들어. 야구의 끝에 닿지 않으려고 네가 루틴까지 신경 쓰며 애쓰는 모습을 보면 나도 뭔가 애쓰고 싶어진다고. 그런데 네가 이러고 있으면 나도 보기 힘들다. 진심으로."

"그래서 나보고 어쩌란 건데! 세게 던지려고 할수록 어깨는 아프고, 야구에 전념할수록 주변에 상처만 주는데!"

"후보 포수의 말이라 귀담아들을진 모르겠지만, 그래도 하나만 말할게. 너 그런 식으로 하면 이번엔 어깨가 완전히 망가질지도 몰라. 공만 빠르다고 타자를 잡을 수 있는 건 아니잖아? 홈런 친다고 꼭 이기는 게 아닌 것처럼."

"…."

"아까 연주하다가 뭔가 떠올랐어. 그거 공짜로 너한테도 알려 줄 테니까 오늘은 그냥 집에 들어가. 가서 따뜻한 물로 샤워하고, 뭐라도 끓여 먹고 나면 생각이 맑아질 거야. 그런 다음, 매일 하나 보내 놓을 테니 시간 날 때 열어 봐."

대윤이 손을 내밀자, 희수는 멈칫하더니 이윽고 그 손을 잡고 자리에서 일어섰다. 대윤은 희수 손에 자기가 쓰고 온 우산을 쥐여 주었다. 자긴 집이 가까우니 뛰어가면 된다면서. 갑자기 어색한 분위기가 되자 희수는 대윤의 가슴팍을 주먹으로 내리쳤다. 대윤이 얼굴을 찡그리며 말했다.

"그래, 차라리 이게 낫다. 그리고 너 머리 나빠서 까먹었나 본데 우리 어제 이겼거든? 내일 질지도 모르는데 오늘까진 좀 즐겨도 되겠지? 응?"

대윤의 말대로 따뜻한 물로 샤워를 마친 희수는 편한 옷으로 갈아입고 침대에 걸터앉았다. 노트북을 켜고 이메일 계정에 접속하자 대윤이 보낸 이메일이 와 있었다. 이게 뭔지 보기만 해도 알 거라는 내용과 함께. 이메일에는 인터넷으로 영화를 볼 수 있는 VOD 쿠폰이 첨부되어 있었는데, 쿠폰을 클릭하자 바로 스트리밍 서비스로 연결되었다.

〈야구 소녀〉라는 영화였다. 고교 야구 팀의 유일한 여자 야구 선수인 주수인은 최고 구속이 134킬로미터밖에 안 되지만 볼 회전력으로 타자들을 상대한다. 수인의 목표는 고교 졸업 후 프로 팀에 입단해 야구를 계속하는 것이지만, 여자라는 이유로 제대로 된 평가를 받지도, 기회를 잡지도 못한다. 그때 새로운 코치 진태가 부임해 수인에게 너클볼을 배워 볼 것을 권유한다. 하지만 너클볼은 공이 거의 회전하지 않고 타자 앞에서 급히 떨어지는 변화구로, 오히려 수인의 장점인 볼 회전력을 죽여야 하는 구종이라서 수인은 갈등한다. 결국 꿈을 향한 도전과 열정으로 수인은 너클볼을 주무기로 장착하고 결과적으로 프로 팀의 제안까지 받게 된다.

영화를 다 본 희수는 펑펑 울었다. 나는 저렇게 될 수 있을까, 저렇게까지 할 수 있을까. 그러다 문득 영화 주인공보다도 못한 자신의 처지에 살짝 어이가 없어졌다. 그래도 주인공은 130킬로 이상 던지고 고등학교 야구부에도 들어갔잖아.

전화벨이 울렸다. 대윤이었다. 희수는 얼른 눈물을 훔치고, 헛기침을 했다. 희수의 생각에 대윤은 좀 고리타분한 면이 있다. 톡으로 해도 될 이야기를 꼭 전화로 한다. 최대한 목소리를 가다듬은 희수는 그제야 통화 버튼을 눌렀다.

"야, 우냐? 내 그럴 줄 알았다."

"울긴 누가 울었다고…."

"영화 봤지? 딱 네 얘기 같던데."

"보긴 봤지."

"뭐 느껴지는 거 없어?"

"영화 보고 감상문이라도 내야 해?"

"실망인데? 너라면 바로 알 줄 알았는데."

"난 돌려 말하는 거 못 해. 뭐야?"

"아니, 영화에서 말이야. 우리가 앞으로 갈 방향이 보이지 않나 해서."

"너클볼?"

"그래! 내일부터 너클볼 연습하자."

"왜 또 이러셔?"

"그냥 돈만 받고 끝내려고 했는데, 아무래도 안 되겠다. 네 얼굴에 욕심이 그득그득해서."

"이제 와서 새로운 구종을 추가하자고?"

"왜? 싫어?"

"그건 아닌데…."

희수가 던질 수 있는 공은 속구와 한 가지 변화구뿐이다. 속구는 포심 패스트볼이고, 변화구는 옆으로 휘는 슬라이더다. 사실 그 두 개의 구종만 제대로 던져도 고등학교, 심지어 프로에 진출해서도 투수로 활약하는 데 별문제가 없다.

다만 좋은 투수가 되려면 상대 타자를 속일 확실한 무기를 갖춰야 한다. 희수는 대윤의 의견이 틀렸다고 생각하지 않았지만, 문제는 시간이다. 희수는 그나마 할 수 있는 거라도 제대로 하자는 생각이었다.

"변화구야 많으면 많을수록 타자와의 수싸움에서 유리하단 건 알지만…. 잘될까? 그건, 영화잖아."

"누가 너더러 너클볼을 완벽하게 던지랬냐? 내 말은 굳이 너클볼이 아니어도 비슷하게만 가도 좋겠다 이거지. 너도 타자 앞에서 뚝 떨어지는 공 하나만 있으면 좋을 것 같잖아."

"그렇긴 한데…."

"네 공이야 어차피 속구건 슬라이더건 밋밋하거든."

"이 자식이 정말."

대윤이 분위기를 깨는 바람에 희수도 정신을 차렸다.

"내일부터 공원 나와라. 그 밋밋한 볼 한번 제대로 밋밋하게 만들어 보자."

다음 날 희수는 대윤의 말대로 학교가 끝나고 근린공원을 찾았다. 대윤은 희수를 보자마자 뭔가를 주머니에서 꺼내더니 희수가 보는 앞에서 반으로 주욱 찢어 버렸다.

"이제 이딴 건 필요 없어."

그것은 희수의 루틴을 적은 쪽지였다.

"뭐 하는 짓이야?"

"이제껏 네 루틴은 전부 빠른 공을 던지는 데만 맞춰져 있었거든."

"네가 그걸 어떻게 알아?"

"당연하잖아. 공에 회전 많이 주면 속구는 더 빨라지고, 변화구는 더 많이 휘게 되는데 진종현의 루틴은 공에 회전을 주는 데 집중되어 있다고. 뭐, 그것 말고 치킨 뼈나 마오리족 의식이 공 회전에 어떤 영향을 주는지는 잘 모르겠지만…."

"그래서 지금까지 내 루틴을 포기하란 말이야?"

"포기는 아니고, 새로운 방법을 찾아보자는 거지."

대윤은 공을 쥔 희수의 손가락을 이리저리 옮겨 보았다. 인터넷 검색을 통해 사진과 동영상을 찾으며 알아낸 너클볼 그립이었다. 손가락으로 공을 깨문 듯한 모습의 그립은 한눈에 봐도 이질적이었다.

"공에 조금이라도 회전이 걸리는 순간, 바로 망한다고 보면 된다."

"날더러 이렇게 던지라고?"

"해 보자. 일단 해 보고 말해."

희수는 대윤의 조언대로 최대한 힘을 빼고 던지려 했지만, 공은 대윤이 있는 곳까지 다다르지도 못하고 맥없이 떨어졌다. 그럴 때마다 대윤은 앞으로 나와서 공을 주워 다시 희수의 손에 쥐여 주었다.

다시. 세 손가락으로 공을 깨물어서 천천히.

다시. 팔꿈치에 힘을 빼고.

다시. 회전을 주지 않도록.

다시. 약지와 엄지로 공을 잡고 중지와 검지로 공을 찍어서.

다시. 공에 손바닥을 붙여서.

다시. 공을 채지 말고 미는 듯한 느낌으로.

희수는 대윤의 조언을 토대로 그립과 동작을 조금씩 바꿔 나갔다. 어느새 희수의 투구 수는 47개를 넘어 50개가 되고, 100개가 되었다. 이상한 건 이 정도 던지면 벌써 신호가 왔어야 하는데, 어깨가 아직 괜찮다는 점이었다.

"제대로 하는 거 맞지?"

"조금씩 나아지고 있어."

다른 때라면 다 때려치우자며 다시 자기 루틴대로 밀어붙였을 희수지만, 왠지 오늘은 대윤의 말을 듣고 싶었다. 오늘 희수의 루틴은 루틴 없이 루틴을 마치는 것이었다. 어차피 기존의 방법대로 하면 벽을 넘을 수 없다. 그럼, 방법을 바꿔서라도 뭐라도 해 보고 싶었다.

"그날 던졌던 공처럼 던질 수 있어?"

"언제?"

"거 왜…. 나 고자 될 뻔한 날 말이야."

"그건…. 힘을 너무 줘서 공이 땅으로 박힌 거라."

"지금 던지는 방법으로 여길 노려 봐."

대윤이 자신의 사타구니를 가리켰다. 그래. 이렇게 된 거 해 보는 데까지 한번.

툭.

희수가 공을 30개 정도 더 던졌을 때, 손목에 힘이 빠졌는지, 날아가던 공이 갑자기 뭔가에 가로막혀 추락하는 것처럼 훅 하고 떨어졌다. 대윤이 겨우 공을 받아 낼 정도였다. 희수가 평소와 같은 똥볼로 여기고 다시 준비에 들어가려는데 공을 집어 든 대윤의 표정이 뭔가 심상치 않았다.

"됐어."

"뭐가 됐다는 거야?"

"방금 봤어? 공이 갑자기 뚝 떨어졌잖아. 하마터면 뒤로 흘릴 뻔했어."

"그래? 잘 모르겠는데."

"그 느낌 다시 살려 봐."

희수는 대윤이 던져 준 공을 글러브에 넣은 채로 잠시 눈을 감았다. 지금은 루틴을 생각하지 않는 게 좋겠어. 아무래도 이 공은 루틴들이 필요 없어 보이니까. 루틴 없이 던지는 공은 대체 어떤 느낌일까?

코끝에 느껴지는 살랑거리는 바람. 누군가 말하길 너클볼은 바람을 이기는 공이 아니라 바람을 타는 공이라고 했다. 마치 파도를 타는 서핑 보드처럼. 살랑거리는 나비의 날개처럼. 나풀나풀. 한들한들.

휘익.

희수는 공을 채지 않고 밀어 냈다. 지금까지 바람을 이겨 내려고 갖은 애를 썼다면, 이 순간만큼은 그런 노력을 모두 벗어던졌다. 그러자 공이 바람과 하나가 된 듯한 느낌이 들었다.

느릿느릿.

희수가 던진 공은 넘실대는 물결을 탄 돛단배처럼 앞으로 나아가다 급기야 뚝 떨어졌다. 회전이 걸리지 않아 야구공의 실밥이 희수의 눈에도 보일 정도였다. 그동안 던져 온 공과 달라도 너무 다른 느낌이다. 하지만, 이것도 재밌는데?

툭.

희수가 날려 보낸 나비가 미트로 들어오자, 대윤은 다시 놀라움이 가득한 얼굴로 희수를 보았다.

"와아아."

대윤의 비명인지 감탄인지 알 수 없는 소리. 하지만 희수는 다음 투구를 준비했다.

이 느낌 그대로 유지할 수 있을까.

나풀나풀. 한들한들.

글러브를 잠자리채처럼 쥐고 두 사람은 계속 나비를 쫓았다.

	1	2	3	4	5	6	7	8	9	R
무곡중	0	1	0	0	3	0	3			7
중왕중	0	0	1	0	1	0	0			2

오도독. 오도독.

경기가 진행될수록 침묵만이 감도는 더그아웃에선 뭔가를 씹는 소리만 들렸다. 금연 중인 손 감독이 입이 심심해져서 선택한 게 구운 아몬드였는데, 지금은 아몬드를 씹는 것 말곤 할 수 있는 일이 없어 보였다.

손 감독의 머리가 복잡해졌다. 2차전에서 동백중학교를 4대

2로 잡을 때만 해도 쉽게 예선을 통과할 줄 알았다. 게다가, 어제는 다른 팀과 달리 시합이 없어서 휴식을 취한 중왕중학교 선수들의 몸 상태도 나쁘지 않아 보였다. 그러나 경험 많은 노령의 감독도 쉽게 예측할 수 없는 게 야구다.

3차전은 무곡중학교와의 경기다. 손 감독은 오늘 경기의 중요성을 강조하며 대회 첫 경기에서 호투한 에이스 김희준을 내세웠지만 경기가 후반부로 향하는 지금, 7대 2로 끌려가는 중이다. 무곡중학교의 전력이 생각보다 강한 데다 오늘은 이상하리만큼 경기가 풀리지 않았다. 잡아야 할 공은 놓치고, 빠져야 할 공은 잡혔다. 이쪽은 잘 맞은 타구가 상대의 호수비에 막히고, 저쪽은 평범한 뜬공이 바람을 타고 행운의 안타가 되었다. 거기다 부상자까지 생겼다. 7회 초 수비에서 좌익수가 파울 타구를 잡으려고 달리다가 넘어지며 발목을 삐끗하고 말았다.

그래도 손 감독은 끝까지 승부를 포기하지 않으려 했지만, 7회 말 1사 1, 2루의 득점 기회에서 어이없는 병살타로 한 점도 내지 못하자 깨끗이 단념하기로 했다. 차라리 오늘 경기를 포기하고 다음 주 월요일에 있을 성도중학교와의 경기에 대비하는 게 팀을 위해서 더 좋아 보였다. 그렇게 결론을 내렸음에도 불구하고 손 감독이 입으로 아몬드를 털어 넣는 속도는 점점 빨라지고 있었다.

"이걸 워쩌나."

손 감독의 시선은 자연스레 옆자리로 향했다. 단지 우연의 일치라고 하기엔 뭔가 딱 들어맞는 것처럼 누군가의 얼굴이 들어왔다. 대윤은 손 감독의 뜨거운 눈빛을 피해 딴청을 부리고 있었다.

"나가야 쓰겄다."

"저요?"

"여기 누가 있냐? 얼렁 몸이나 풀그라."

"투수는요?"

"쟈."

"저요?"

이번엔 희수가 동그랗게 눈을 떴다. 저번에 그렇게 두들겨 맞았는데 괜찮으시겠어요? 희수는 눈으로 그렇게 말했다.

"느이 보조 빠떼리에 이번 우리 팀 예선 성적이 달려 있다. 여기서 둘이 잘 끝내야, 다음 경기 총력전 할 수 있을 것 같은듸 워뗘?"

"…"

"아, 워쩔 겨?"

"해 보겠습니다!"

"할게요!"

손 감독이 다그치자 두 사람은 누가 먼저랄 것도 없이 대답했다. 둘의 씩씩한 대답을 들은 손 감독은 너털웃음을 짓더니 곧장 선수 교체 사인을 냈다. 중왕중학교의 선수층이 두껍지 않아서 포수를 보던 승태가 좌익수 자리로 들어가고, 대윤이 승태 대신 포수 마스크를 썼다. 희수를 마운드에 올리기로 한 건 중왕중 투수 중 희수가 가장 적은 이닝을 던졌기 때문이다. 손 감독은 그렇게 해서 남은 투수들을 아낀 다음, 예선 마지막 성도중학교와의 경기에 모든 걸 쏟아부을 생각이었다. 다만 좌익수의 부상으로 갑작스럽게 결정된 거라 보조 배터리 두 사람에겐 몸 풀 시간조차 주어지지 않았다.

"긴장되냐?"

대윤이 희수에게 공을 건네며 묻자, 희수는 고개를 저었다. 그렇지만 대윤은 오늘따라 공을 받는 희수의 손이 얼음보다 차게 느껴졌다.

"연습한 대로만 해."

너클볼을 익히기엔 짧은 시간. 아직 열 번 던지면 한두 번 성공할까 말까 하는 정도. 생각해 보니 이제껏 희수는 불확실 속에서 살아왔다. 자꾸만 고개를 드는 불안을 잠재우려고 이상한 습관을 많이도 가졌다. 희수는 불확실이 싫었다. 시합에 나갈 수 있을까? 나가서 잘 던질 수 있을까? 잘 던져서 야구를 계속할 수 있을까? 그런데 지금은 오히려 그런 불확실에 기대야만 한다. 너클볼이라는 마구의 최대 강점은 어디로 날아갈지 모르는 불확실성이다.

무곡중학교의 8회 공격은 3번 타자부터 이어졌다. 대개 3, 4, 5번은 클린업 트리오라 하여 팀에서 가장 타격 능력이 좋은 타자들이 포진한다. 테이블 세터라 불리는 1번과 2번 타자가 출루하면 3, 4, 5번 타자가 장타나 홈런으로 주자를 홈으로 불러들인다. 이러한 방식은 100년이 넘은 야구 역사에서 거의 모든 팀이 추구하는 일반적인 득점 방식이다.

딱.

바뀐 투수의 초구를 노리라는 야구계의 속설대로 무곡중학교 3번 타자는 희수의 첫 공에 방망이를 휘둘렀고 이는 깨끗한 안타가 되었다.

너클볼만 머릿속에 있던 희수에게 대윤은 초구로 속구를 요구했고, 희수가 여기에 제대로 대응하지 못했다. 대윤은 자기 때문에 안타를 맞았다고 생각했는지 희수에게 손을 들어 미안함을 표시했다.

4번 타자 장태산.

방송이 나오는 순간, 무곡중학교의 응원석이 들썩였다.

2학년. 포지션은 외야수. 내년에 성도중학교 이태홍이 졸업하고 나면 중등부 리그 새로운 넘버원을 노려 볼 만한 선수라고 한다.

그래도 약점이 있지 않을까. 희수는 등판하기 전 급하게 찾아본 경기 기록지를 떠올렸다. 차기 넘버원이라는 말이 헛소문은 아닌지 지난 경기에서 3타수 2안타. 모두 속구를 노려 쳤다.

'볼넷을 내주더라도 어렵게 승부해야 해.'

대윤은 희수를 향해 중지를 뻗었다. 사인을 받은 희수는 고개를 끄덕이고는 투구 준비 자세에 들어갔다.

'뭣 같은 공을 던지란 얘기지?'

와인드업.

'감독님은 우리가 오늘 경기를 이대로 끝내길 원하신다. 그래야 예선을 통과할 수 있으니까. 새로운 구종을 익히기에 넉넉한 시간이 아니라고? 그건 핑계에 불과해. 선수는 오직 결과로 증명해야 해. 이 공으로. 이 마구로!'

희수는 아주 재빠른 동작으로 글러브 안에서 실밥을 잡고 있던 손을 풀고 너클볼 그립으로 공을 쥐었다. 너클볼은 절대로 실밥을 쥐고 던지면 안 된다. 그랬다간 타자가 딱 치기 좋은 공이 되어 버린다.

간다!

따아아악!

온 세상을 울리는 맑고 경쾌한 소리. 희수는 그 소리에 눈을 감아 버렸다.

마구를 던졌는데…. 왜.

아니야. 그럼 그렇지. 그런 일들은 만화나 영화에서나 벌어지니까. 주인공의 시련. 그리고 각성. 피나는 노력으로 필살기를 터득하여 멋지게 승리.

그러나 인생은 그리 간단하지 않아. 아무리 노력해도 결과가 좋지 않은 적도 많고. 운이 없는 경우도 있어. 일단 너클볼부터가 회심의 마구라고 하기엔… 뭐랄까, 느릿느릿해서 폼이 안 난다고나 할까? 보라고. 열심히 익힌 너클볼로 상대를 멋지게 제압하는 건 말 그대로 영화니까 가능한 일이겠지.

이어지는 환호성은 장태산이 차기 넘버원이 되었음을 알리는 축포라고 생각했다. 그런데 희수가 눈을 떴을 때 전혀 뜻밖의 일이 벌어지고 있었다.

장태산이 친 볼이 외야로 쭉 날아가는데, 뭔가 평소하고는 느낌이 달랐다. 그러더니 타구가 거짓말처럼 펜스 앞에서 뚝 떨어지는 게 아닌가? 마치 희수가 던진 너클볼이 타자 앞에서 못 떨어진 게 못내 아쉬워서 외야수 앞에서 떨어지는 것처럼 보였다. 그리고 공은 좌익수를 보던 한승태의 글러브로 빨려 들어갔다.

아.

그제야 희수는 너클볼에 대해 곱씹어 보았다. 너클볼은 회전이 걸리지 않아 변화가 심하기도 하지만, 방망이에 맞더라도 멀리 날아가지 않는다. 그만큼 동료들을 믿어야만 던질 수 있는 공이란 뜻이다. 던지는 공을 받는 포수든, 친 공을 받는 야수들이든.

그리고 하나 더 믿을 사람이 있다.

어쩐지 이 공은…. 마구는 아니지만, 왠지 나만의 공인 것 같은 느낌이 들어.

진종현은 자기만의 루틴으로 국내 제일의 속구와 슬라이더를 얻었다. 희수가 진종현의 루틴을 따라 한다고 그의 공을 던질 수 있는 건 아니고, 진종현이 희수의 공을 던질 수 있는 것도 아니다. 즉, 이제부터 이 공을 던질 때만큼은 루틴이 필요 없다. 그 루틴을 묵묵히 지켜 온 자신에 대한 믿음만이 필요하다.

'저 녀석의 거길 향해 던지라고 했지?'

나풀나풀. 산들산들.

희수가 너클볼을 결정구로 사용해 남은 두 타자도 잡아내자, 중왕중학교 더그아웃은 말 그대로 난리가 났다. 대윤이 뭘 그리 호들갑이냐며 흥분을 가라앉히자는 뜻에서 두 손을 쫙 펴고 말리는 자세를 취했지만, 손 감독이 그런 대윤의 손바닥을 세게 때리며 하이파이브를 했다.

"뭐여? 그런 요상한 공은 언제 연마한 거여?"

손 감독의 칭찬에 대윤과 희수의 입꼬리가 살짝 올라갔지만, 둘은 이내 진지한 얼굴로 돌아갔다. 아직 경기는 끝나지 않았고 희수는 9회에도 등판해야 하니까.

그러나 야구는 원래 생각대로 되지 않는 법. 9회 무곡중학교의 마지막 공격. 이번 이닝 공격은 하위 타선부터 시작하니 좀 심심할 수도 있겠다는 손 감독의 말과는 정반대로 초반부터 무곡 중학교의 타격이 불을 뿜었다. 회전이 조금이라도 걸린 너클볼은 더는 마구가 아니었다. 순식간에 주자 1루, 다음 타자에게 던진 공은 초구와 2구 모두 볼이 되었다. 다행히 스트라이크 존에서 많이 벗어난 3구에 타자가 방망이를 휘두르는 바람에 땅볼이 되었지만, 미리 스타트를 끊었던 1루 주자는 2루까지 진루했다.

그리고 다음 타자. 대윤의 사인을 유심히 보던 희수가 고개를 저었다. 두 번, 세 번. 그러자 대윤은 타임을 외치고 희수가 있는 쪽으로 달려갔다.

"이제 와서 웬 속구야?"

"속구 던질 줄 몰라?"

"그건 아닌데."

"아무래도 우리 마구가 들통난 것 같아."

"그렇다고 애매한 속구를 던졌다간 얻어맞지 않을까?"

"그럼, 유인구를 너클볼로 하고, 결정구를 속구로 하자. 유인구에 방망이가 나오면 좋고, 안 나오더라도 낮은 속구로 승부를 보는 거야. 타구가 외야로 뻗지 못하게."

"속구는 연습 많이 안 했는데…."

"그동안 많이 연습했잖아."

"응?"

"뭐, 잘 안 되면…. 그냥 점수 내주면 돼. 7대 2든, 8대 2든 어차피 오늘 경기는 글렀음. 아차, 지금 말한 건 감독님께 비밀이다."

대윤의 말에 희수는 곧 제자리를 찾았다. 그 말대로 지금껏 루틴을 지킨 목적은 오직 130킬로미터의 속구를 위한 것이었다. 너클볼이란 시험을 벼락치기로 봤다면, 속구 시험은 기본 실력으로 보란 얘기다. 그리고 사실 희수는 속구를 무지 던지고 싶었다. 멋지니까.

'낮게 던지라고 했지?'

갑자기 희수는 처음 대윤에게 공을 던졌을 때가 생각났다.

'혹시? 아니야. 그때와는 달리 난 지금 저 녀석을 믿고 있어.'

희수의 손에서 공이 떠났다. 공을 채는 듯한 느낌이 들었지만, 완전히 만족스럽진 않았다. 느린 공을 던지는 방법과 빠른 공을 던지는 방법이 마구잡이로 뒤섞여서 이도 저도 아닌 것 같았다. 에라, 모르겠다. 7대 2든 8대 2든, 혹시 홈런을 맞아 9대 2가 되든.

딱.

타구가 유격수 쪽으로 빠르게 날아갔다. 빨랫줄 같은 직선타를 잡아 낸 유격수는 재빨리 2루에 송구했고, 미처 귀루하지 못한 2루 주자마저 아웃되었다.

희수가 눈앞에 벌어진 상황을 인식하기도 전에 이닝은 그대로 종료되었고, 할 일을 마친 두 사람은 그대로 더그아웃으로 향했다.

"바로 그거야!"

대윤이 다가와 희수의 등을 쳐 주자, 희수도 그제야 실감이 났다. 제대로 정신을 차리기도 전에 일이 끝나 버린 느낌이었다. 어쩌면 이런 게 기적일까? 만일 그렇다면, 희수는 다음에도 그 기적이 일어나길 바랐다. 그 어떤 일도 벌어질 수 있는 게 야구니까.

보배

 희수는 오랜만에 늦잠을 잤다. 희수네 부모님은 일요일인데도 일터에 나가 있었다. 내일 가게 문을 닫고 희수가 치를 예선 마지막 경기를 보러 가기 위해서였다. 희수는 오후까지 쭉 잘 생각이었지만, 전화벨이 울리는 바람에 그러지 못했다.

"여태 자고 있냐?"

"웬 전화야? 오늘 시합도 없는데."

"연습할래?"

"알았다."

 희수는 글러브를 챙겨 근린공원으로 향했다. 한낮의 연습은 처음이었다. 루틴 때문에 평일이든 휴일이든 연습은 저녁 8시 19분부터 하는 게 일상이었지만, 루틴이 무색해진 지금은 컨디션 조절을 위해 연습 시간을 앞당기는 편이 낫다고 판단했다. 공원에는 대윤이 포수 장비까지 갖춘 채로 벤치에 앉아 있었다.

"먼저 와 있었냐?"

"이따 엄마랑 피아노 연습해야 해서."

"뭐부터 던질까?"

"웬일이야? 네가 내 의견을 다 묻고. 오늘은 어떤 공이 '좋아!'인데?"

"나야 매번 모든 공이 '좋아'지."

"그럼, 속구 30개부터 시작하자. 그다음 변화구 순으로."

사실 모든 공이 좋다는 희수의 말은 거짓이었다. 오히려 반대였다. 속구도, 변화구도, 심지어 회심의 마구까지 막혀 버린 상황에서 셋 다 어느 정도 수준까지는 던질 수 있도록 준비해 놓자고 생각했다. 말하자면 임시방편이다. 왠지 내일 경기는 하나의 결정구가 아닌 여러 개의 구질로 승부를 봐야 할 것 같다는 느낌이 들었다.

희수는 대윤이 앉은 곳에서 멀찌감치 떨어진 곳으로 걸어갔다. 가볍게 캐치볼을 몇 개 하고 나서, 희수가 투구 자세를 잡았다. 펑. 희수가 던진 속구는 대윤의 미트 안으로 깨끗하게 들어갔다. 펑. 펑. 공이 경쾌한 소리와 함께 미트 안으로 들어올 때마다 대윤의 기분도 덩달아 상쾌해졌다.

"예전의 폭투 머신은 잊어도 되겠는데?"

"아부가 많이 늘었다?"

"아부는 무슨…. 속구는 이쯤 하고 이제 너클볼 던져 봐."

대윤의 주문에 희수는 별말 없이 다시 투구 동작에 들어갔다. 그런데 순간 낯선 느낌이 들었다. 너클볼을 어떻게 던졌더라? 아직 손에 익지 않다 보니 헷갈릴 수밖에 없다.

휙.

생각이 너무 많았을까. 아차 하는 사이 너클볼 그립이 풀려 엉성하게 잡고 던진 공에 회전이 걸리면서 이도 저도 아닌 볼이 되고 말았다. 속구도 변화구도 아닌 것이 속구처럼 날아가다 힘이 다하여 떨어졌다.

"봤어?"

"미안. 나도 모르게 공을 채고 말았네. 다시 던질게."

"그게 아니라, 공이 떨어졌잖아! 그 공 다시 던져 볼래?"

"실투라니까. 느린 공을 던지는 방법과 빠른 공을 던지는 방법이 섞여 나온 이도 저도 아닌 공이야."

"내가 볼 땐 이도 저도 아닌 공이 아니라, 대단한 공이 될 것 같은데? 스윙은 좀 더 속구처럼 하면서 손목에는 힘을 좀 빼고."

"됐어. 너클볼이나 다시 던질게."

"아쉽네. 잘만 하면 네 신무기가 될 수도 있을 것 같은데."

"뭐?"

갑자기 희수가 정색했다.

"방금, 너 뭐라고 그랬어?"

"무슨 말?"

"아까 한 말."

"네 신무기가 될 것 같다고."

"그래. 그리고 또?"

"손목에 힘을 빼라고 했는데?"

희수는 글러브와 공도 버려둔 채 대윤이 앉은 곳으로 성큼성큼 걸어왔다.

"갑자기 왜 그래?"

"혹시 말이야…. 그 말. 떨어지는 공이 내 신무기가 될 수도 있다는 말. 네가 생각해서 한 말 맞아?"

"…."

"왜 대답이 없어?"

"누가 그러더라고. 지금은 나도 같은 생각이지만."

"누구?"

"절대 말하지 말랬는데, 아무럼 어때. 얼굴도 모르는 사이인데…. 실은 누구한테 문자를 좀 받았어. 이태홍이 누나라나?"

"이태홍 누나가? 언제? 무슨 문자?"

"대회 전에. 예전에 같이 손발을 맞췄다고 하더라고. 처음엔 무시했는데, 꽤 정확하게 아시던걸? 네 루틴은 물론이고, 투구할 때 버릇, 어느 공을 잘 던지는지, 반대로 어느 공이 약한지, 유리한 카운트에선 어떤 공을 던지게끔 해야 하는지 뭐 기타 등등….

그 누나란 사람 말이 평소 내가 너에 관해 생각했던 거랑 거의 일치해서 깜짝 놀랐지. 그 사람이 떨어지는 공 하나쯤 있었으면 좋겠다고 그러더라. 제길. 내 전화번호가 무슨 공공재도 아니고, 이젠 생판 모르는 사람까지 연락하네. 이게 다 한승태가 뿌리고 다닌 탓…."

희수는 대윤의 말이 끝나기도 전에 공원 밖으로 달려 나갔다.

오랜만에 가족 외식을 하고 집에 돌아가는 길이었다. 먼저 낌새를 눈치챈 건 태홍이었다. 태홍은 차에서 내리자마자 전봇대 뒤에 있는 뭔가를 한심하다는 듯 쳐다봤다. 그 모습을 본 태진은 엄마와 아빠를 먼저 집에 들어가게 하고는 태홍이 있는 쪽으로 다가갔다.

"우리 집엔 무슨 낯짝으로 왔어!"

태홍은 전봇대 뒤에 서 있던 누군가에게 소리 지르고 있었다. 평소 매사에 적극적인 아이지만, 저렇게 대놓고 화를 내진 않는다. 삽시간에 상황을 파악한 태진은 태홍을 말렸다. 태홍의 앞엔 누군가 고개를 숙이고 잔뜩 주눅이 든 채로 서 있었다.

"누나는 빠져!"

"태홍아, 내가 왜 빠져야 하는데? 이건 내 문제야. 네 문제가 아니고."

예상외로 태진이 강하게 나오자, 태홍은 잠시 머뭇거렸다.

"누나는 저 누나한테 그렇게 당하고도 그런 말이 나와?"

"당한 적 없어. 그리고 넌 겨레중학교 야구부도 아니었으면서 어떻게 그런 말을 할 수 있니?"

"누나는 속도 없구나!"

"내가 걱정돼서 이러는 건 알겠는데, 이건 어디까지나 내 일이야. 그러니 더는 나서지 않았으면 좋겠어."

"그렇지만…."

태홍은 더 말하려다 태진의 눈동자를 보고는 할 말을 접고 한숨만 쉬었다. 태홍은 평소 누나가 누구에게나 친절하고 관대하기 그지없지만, 마음을 굳게 먹는 순간엔 그 누구도 누나를 꺾을 수 없다는 걸 안다. 그리고 지금이 바로 그런 때였다.

"우리 저쪽에 가서 얘기할래?"

태진은 고개를 숙이고 있던 희수의 손을 잡아끌었다.

둘은 태진의 집 근처 호숫가를 걷다가 호수가 마주 보이는 벤치에 앉았다. 희수가 투구 연습을 하는 근린공원의 반대편이다. 희미한 휴대전화 액정으로 보이는 시계는 꽤 늦은 시간을 가리키고 있었다.

호수 위에 떠 있는 보름달을 보며 태진은 희수가 먼저 말을 걸어 오길 기다렸다. 분명 무슨 사정이 있어서 불쑥 찾아왔겠지. 하지만 태진은 오래 참지 못했다.

"왜 왔어?"

"그게…."

"맞혀 볼까? 내일 시합 때문이지?"

희수는 대답하지 않았다.

"실은 그날 이후, 태홍이가 나한테 네가 찾아와도 만나지 말라고 했어. 분명 네 마음의 짐을 덜기 위한 거라고."

"그래…. 태홍이 말이 맞아. 난 속물이니까."

희수는 태진이 자기를 이기적이라고 말해도 어쩔 수 없다고 생각했다. 정작 태진이 필요로 할 땐 외면했으면서 자신이 필요할 때만 만나려고 하니까. 그래도 어차피 이기적인 사람이 된 이상 하고 싶은 말은 끝까지 하고 싶었다.

"그때 일부러 연락하지 않았던 것…. 미안해. 실은 예전부터 사과하고 싶었어. 내가 그때 제대로 말했어야 했는데. 네 탓이 아니라고만 말했어도…. 그땐 망가진 내 몸밖에 보이지 않았어. 그런데 널 보면 당장 야구가 하고 싶어 미칠 것 같아서…. 그래도 그러면 안 되는 거였어. 안 그랬다면, 어쩌면 우린 지금도…."

"고마워. 지금이라도 그렇게 말해 줘서."

태진은 어느새 울고 있는 희수의 손을 꼭 잡았다. 하지만 그럴수록 희수는 자신을 도저히 용서할 수 없었다. 그래서 오늘은 꼭 말해야만 했다. 아주 오래전부터 느끼던 두려움에 대하여. 그 두려움이 싹을 틔울 때부터 자리 잡고 있던 생각을. 그 두려움의

싹이 자라지 못하게 아무리 루틴으로 잘라 내도, 이젠 두려움이 머릿속을 뒤덮을 정도로 무성히 자라서 단념이란 열매를 맺었으니까.

"너무 늦었지? 그래서 말인데, 내일이 내가 야구 선수로 치르는 마지막 경기가 될 거야. 이젠 정말로 야구를 놓아줄 수 있을 것 같거든. 인정하긴 싫지만, 이번에 대회를 치르면서 확신했어. 더는 예전 모습으로 돌아갈 수 없다고. 타자들에게 맞고 나니 오히려 편해졌어. 그러니까 갑자기 네가 생각나더라고. 너한테 이 얘길 가장 먼저 하고 싶었어."

"무슨 얘길?"

"미안하다고. 지금껏 고마웠다고. 이기적으로 굴어서 미안해. 하지만 난 여기까지야. 이렇게 얘기하니까 속이 후련하다."

희수는 어렵사리 마음속에 있던 말을 꺼냈다. 사실 이 말은 부모님도 감독님도 대윤도 아닌 태진에게 가장 먼저 하는 말이었다. 그러나 희수의 말을 들은 태진의 안색이 좋지 않아 보였다. 아니나 다를까 태진이 먼저 자리에서 일어났다. 희수는 자신이 감정에 휩싸인 나머지 실언이라도 했나 싶어 말없이 태진의 옷소매를 잡아당겼지만, 태진은 그런 희수의 얼굴을 쳐다보려고도 하지 않았다.

"그게 네가 하려던 말이었어? 차라리 경기 전에 마음에 걸리는 걸 없애려고 한 거였다면 이렇게 기분 나쁘지 않았을 텐데.

지금 얘긴 좀 그렇네. 이제 와서 그만둔다고? 고작 이런 끝이나 보려고 지금까지 그렇게 한 거였어?"

"그렇게까지 했지만, 이렇게 됐어."

"난 네가 야구 계속했으면 좋겠다고 생각했어. 네가 날 일부러 만나지 않을 정도로 야구에 매달렸으니까. 그래서 난 네가 이해됐어. 근데 고작 이렇게 그만둔다고? 네가 고생하며 지키던 루틴의 결과가 겨우 이거야?"

"이젠 루틴도 안 해. 그리고 이대로 하더라도 결과는…."

"그 결과, 누가 정했는데? 프로나 고등학교 야구부에 못 들어가면 야구 끝나? 아니면 아직 정해지지도 않았는데 지레 겁먹고 포기하는 거야? 적어도 내가 아는 오희수라면 9회 말 3아웃 전에 경기를 포기하고 그러진 않아."

"이젠 야구에 미련 없어."

"근데 왜 그리 서운한 표정을 짓고 있니?"

"…."

"내가 너하고 몇 년을 같이했는데, 네 표정 하나 못 읽을까? 넌 아직 야구를 떠나보낼 준비가 안 되어 있어. 그러기엔 넌 야구를 너무 사랑해."

"모든 사랑이 이뤄지진 않잖아. 아름다운 이별이란 것도 있고…."

"그 이별은 내일 경기 끝나고 얘기해도 늦지 않아. 만일 내일 경기를 치르고도 야구가 재미없다면 다시 찾아와. 오늘은 먼저 갈게."

희수는 그렇게 말하는 태진의 옷소매를 더는 잡을 수 없었다.

예선 A조 현재 순위 (9월 15일 경기 전)

1위 성도중학교 3승
2위 무곡중학교 2승 1패
3위 중왕중학교 2승 1패
4위 동백중학교 1승 2패
5위 양지중학교 4패

오늘의 경기

성도중학교 vs 중왕중학교 (9시 30분, 새천년 기념 운동장)
무곡중학교 vs 동백중학교 (9시 30분, 시민 운동장)

손 감독은 예선 A조의 순위를 보며 깊은 생각에 잠겨 있었다. 성도중학교와의 예선 마지막 경기가 있는 날이다. 같은 시각 다른 장소에서는 무곡중학교와 동백중학교의 경기가 열린다. 양지중학교는 오늘 경기가 없지만 이미 4패로 탈락이 확정되었고, 동백중학교는 오늘 경기를 이겨도 다음 라운드 진출 가능성이 희

박한 가운데, 준결승 두 자리에 어떤 학교가 올라갈지는 아직 누구 하나 장담할 수 없었다. 승패 기록이 같을 시, 승자승 원칙에 따라 순위를 매기는 대회 운영 방식 때문이었다.

---

1. 중왕이 성도를 이기고, 무곡이 동백을 이기는 경우
   성도, 중왕, 무곡이 3승 1패 동률이지만 중왕은 성도를 이기고, 그런 중왕을 무곡이 이겼으므로, 승자승 원칙에 따라 1위 무곡중, 2위 중왕중이 진출

2. 중왕이 성도를 이기고, 무곡이 동백에게 지는 경우
   성도와 중왕이 나란히 3승 1패로 1위 중왕중, 2위 성도중이 진출

3. 중왕이 성도에게 지고, 무곡이 동백을 이기는 경우
   성도 4승, 무곡 3승 1패로 1위 성도중, 2위 무곡중이 진출

4. 중왕이 성도에게 지고, 무곡이 동백에게 지는 경우
   성도 4승, 나머지 세 팀이 2승 2패로 동률이지만 동백은 무곡을 이기고, 그런 동백을 중왕이 이겼으므로 승자승 원칙에 따라 1위 성도중, 2위 중왕중이 진출

손 감독은 더그아웃에 있는 화이트보드에 오늘 두 경기의 결과가 낳을 경우의 수에 대해 적어 놓았다. 중왕중이 올라갈 경우의 수가 3개나 되지만, 못 올라갈 나머지 1개의 경우의 수가 발

생할 확률이 가장 높아 보였다. 손 감독이 화장실에 간 사이 중왕중학교 야구부원들은 그 내용을 보며 웅성거렸다.

"근데, 무승부는 없어?"

"대회 규정 좀 읽어 봐라. 승부치기 있다는 거 못 봤어? 9회까지 승부가 나지 않으면 연장 10회 선두타자 직전 타순 둘이 1, 2루에 선 채로 시작해. 승부가 날 때까지 계속하고."

"그런 걸 언제 읽고 있냐. 그 시간에 연습 하나 더 해야지."

"나야 시간이 남아돌잖냐."

대윤은 다들 오늘 경기에 편하게 임했으면 좋겠다고 생각했지만 그럴 수도 없는 게, 성도중학교도 현재 1위라고 해서 여유 부릴 리 없기 때문이다. 만에 하나 오늘 경기를 삐끗하면 자칫 우승 후보가 예선에서 탈락하는 이변이 생길 수 있으므로.

"이기면 당연히 올라가는 거고, 져도 저쪽에서 동백중이 무곡중을 이기면 되겠네."

"근데 솔직히 동백이 무곡을 이길까? 실력 차도 있거니와, 걔들은 뭘 해도 탈락이라 이제 싸울 의지도 없을 것 같은데."

"그래도 유종의 미란 게 있잖아."

승태의 말에 대윤은 피식 웃고 말았다. 똑같은 말을 하던 엄마가 떠올라서였다. 하긴, 오늘로 대윤의 야구는 정말로 끝이다. 미련도 아쉬움도 없지만, 그렇다고 대충 끝낼 생각도 없다. 이런저런 생각에 잠긴 대윤을 승태가 잡아끌었다. 손 감독이 할 말이 있다며 선수들을 모두 불러 모았기 때문이다.

"내가 원래 무어라 얘기하는 스타일은 아닌데 말이여. 오늘은 한마디 해야 쓰겠구먼…. 다들 쫄지 말어. 저 짝에 중계차가 와 있긴 헌디 딱히 느이들 찍으러 온 것 같진 않으니께 긴장 풀고 마음껏 혀. 글고 3학년 중 몇은 오늘 마지막 경기가 될지도 모르는디 괜히 쫄아서 제 실력 못 내면 죽을 때꺼정 기억에 남지 않겄어? 그러니 결과랑은 상관없이 후회 없는 경기를 하자고. 알겄제?"

"넵!"

"오늘은 총력전이니께 투수들은 다 비상 대기여. 선발은 장하진이가 하고, 하진이가 흔들리면 바로 호영이, 영석이, 희준이까지 모두 투입이여. 각자 2이닝 정도는 책임진다고 생각혀."

"네, 알겠습니다!"

"자, 알았으면 파이팅 하자. 승태야."

"넵! 자, 다들 수고했고. 마지막까지 힘내자! 중왕, 중와아아앙!"

"파이팅!"

파이팅을 마친 대윤은 그라운드로 향하는 동료 선수들의 등을 하나하나 다독였다. 비록 선발 멤버로는 나서지 못해도 오늘 경기는 다들 제 실력을 발휘해서 꼭 이겼으면 좋겠다고 생각했다. 대윤과 마찬가지로 오늘 경기가 마지막인 친구들이 있다. 대윤은 지금껏 안일하게 야구를 대했지만, 그 친구들은 적어도 대윤보다는 간절했으니까 이 정도의 격려를 받을 자격은 충분했다. 대윤은 벤치에 앉아 목이 터져라 응원할 생각이다. 그런 대윤의 옆에는 저들보다 더 간절하면 간절했지, 덜하진 않은 희수가 말없이 앉아 있었다.

"어젠 갑자기 왜 갔어?"

"…."

"말하기 싫으면 관둬라."

"누굴 좀 만나야 했어."

"난 또. 그게 네 새 루틴인 줄 알았지 뭐야. 연습하다 도망치기."

"너클볼 던지고부터 루틴은 안 지켜."

"괜히 쓸데없는 짓이라고 했나…."

"네가 뭐라 한다고 내가 들을 사람이냐? 그냥…. 사실 그동안 스스로도 이렇게까지 해야 하나 싶었는데, 이렇게까지 해서 이제 미련 없이 포기할 수 있을 것 같다."

"췌."

"뭐야? 나름 진지하게 얘기 중인데, 그 싱거운 태도는."

대윤이 콧방귀를 뀌자, 희수가 발끈했다.

"오늘까지만 야구 할 사람처럼 얘기하는 게 재수 없어서 그런다. 그런 사람은 나 하나로 족해."

"아무래도 너한테 옮았나 보다. 야구 포기하는 병."

"살다 살다 별소릴 다 듣겠네. 나는 몰라도 넌 오늘 마지막 아니다."

"고맙다. 말이라도 그렇게 해 줘서."

말이 끝나기가 무섭게 함성이 들렸다. 동백중학교와의 경기에서 잘 던졌던 중왕중학교의 투수 장하진은 첫 타자를 우익수 앞 뜬공으로 깔끔하게 잡아냈지만, 두 번째 타자에게 안타를 맞고, 세 번째 타자에겐 볼넷을 내주며 순식간에 위기를 맞았다. 게다가 중왕중이 상대할 다음 타자는….

"성도중학교 4번 타자, 포수 이태홍!"

중등부 넘버원 타자의 등장에 관중석이 요동쳤다. 스카우터의 시선도 방송국 카메라도 모두 한 사람을 향했다. 전광판에 뜬 이태홍의 예선전 성적을 보면 혀를 내두를 만했다. '괴물'. 중학교 선수에게는 처음 붙은 별칭이다. 오늘까지 12타수 8안타. 타율 6할 6푼 7리. 홈런 5개, 15타점. 안타 하나면 점수를 내줄 상황에서 이런 괴물 타자를 상대해야 하다니. 하진과 승태 배터리가 감당해야 할 압박감이 희수와 대윤에게도 고스란히 전해졌다.

손 감독은 타임을 부르고는 마운드로 걸어갔다. 포수를 보던 승태도 마찬가지였다. 대윤은 손 감독이 아마 점수를 주더라도 큰 걸 맞지 않게끔 낮은 공으로 상대하라고 주문하리라 예상했다.

"저럴 땐 어떤 공을 던져야 하나…."

"너라면 어떤 공을 던질 건데?"

"저렇게까지 몰리면 사인대로 던지기 어렵더라고. 그게 되면 프로지 뭐. 차라리 내가 그날 가장 자신 있는 공을 던질 것 같아. 맞더라도 덜 후회될 테니까."

"일리가 있네. 아무래도 가장 자신 있는 공이 가장 구위가 좋을 테니."

"너는 어떤 사인을 낼 것 같아?"

"아무래도 속구겠지. 네가 가장 자신 있어 하는 공이니까."

"상대가 속구에 강한 이태홍인데도?"

"바깥쪽으로 낮게 던지면 병살타를 유도할 수도 있거든. 물론 제구가 잘된다는 가정하에 말이야."

그러나 이태홍은 규격 외의 선수였다. 장하진은 대윤의 생각대로 바깥쪽 낮은 속구를 선택했지만, 이태홍은 그마저도 받아쳤다. 공은 방망이 끝에 맞았는데도 커다란 아치를 그리며 경기장 한가운데로 쭉쭉 뻗어 나갔다.

"홈런. 홈런입니다! 이태홍의 3점 홈런. 스코어는 3대 0. 성도중학교가 기선을 제압합니다."

이렇게 허무하게 점수를 내준다고? 대윤은 눈앞에서 벌어지는 상황을 보고도 믿을 수가 없었다. 분명 실투는 아니었다. 타자가 잘 쳤다고밖에 볼 수 없었다. 저렇게 쳐 버리면 투수에게는 별다른 도리가 없다. 다행히도 장하진은 무너지지 않고 다음 타자들을 범타 처리하며 이닝을 마무리 지었다.

"괜찮아! 괜찮아! 조금씩 따라가면 돼! 중왕 파이팅!"

대윤은 평소와 달리 요란하게 동료들을 독려했다. 오늘은 모두에게 같은 날은 아니다. 분명 내일 다시 일어서야 하는 친구들도 있다.

그러나 대윤의 바람과 달리, 1회 말 중왕중학교의 공격은 선두 타자부터 세 타자가 연속으로 아웃되며 끝났다. 점수를 만회하기 위해 너무 적극적으로 공격에 임했던 탓일까, 상대 투수의 유인구에 타자들의 방망이가 쉽게 돌아갔다. 공격이 금세 끝나 버려서 장하진은 제대로 쉬지도 못하고 바로 다음 이닝을 치러야 했고, 결국 연속 안타를 맞고 2점을 더 내주며 그대로 무너졌다.

장하진이 한 타자도 잡지 못하고 추가로 실점하자, 손 감독은 2회인데도 투수를 바꾸는 강수를 두었다. 바뀐 투수인 에이스 김희준은 세 타자를 잘 잡아냈지만, 이미 점수 차는 5점으로 벌어져 있었다.

2회 말, 소소한 중왕중학교의 공격이 끝나고 3회가 시작되기 전, 잠시 화장실에 들른 희수는 돌아오는 길에 가장 껄끄러운 상대를 만나고 말았다. 희수가 모른 척하고 더그아웃으로 가려는데 상대가 먼저 희수를 불렀다.

"오늘 나오긴 해?"

태홍이 자판기에서 뽑은 스포츠 음료를 입에 갖다 대며 말했다.

"몰라, 난 너처럼 주전이 아니라서."

"그렇구나. 그럼 나 뛰는 거나 잘 봐. 오늘 누나네 팀을 어떻게 박살 내는지."

"그래. 너 잘하더라. 열심히 해."

"뭐야, 반응이 너무 재미없잖아."

"그럼 뭐, 대단하다고 박수라도 쳐 줘야 해?"

"응. 우리 누난 누나한테 매번 그렇게 했으니까."

태홍이 다 먹은 음료 병을 버리고는 희수에게 다가왔다.

"아까 친 홈런으로 내 타율이 6할 9푼 2리가 됐어. 코치님이 그러는데 오늘 아웃 한 번도 안 당하면 타율 7할이 될 거래. 중학교 대회에서 7할을 찍은 타자는 아직까지 한 명도 없지. 근데 내가 오늘 찍을 수 있을 것 같아. 그 상대가 누나라면 좋을 텐데."

"…"

"우리 누나는 용서했을지 몰라도 나는 아니야."

"그래서 내가 지금 벌을 받고 있어. 오늘이 내가 마지막으로 야구하는 날이거든."

"어? 여태 고등학교 지명 못 받았어?"

"…."

"알았어. 그럼, 은퇴 경기에 걸맞게 상대해 줄게. 만약 나오게 되면 말이야."

태홍의 도발에 희수는 쓴웃음을 지으며 더그아웃으로 돌아왔다. 자기 말이 허세가 아니라는 걸 증명이라도 하듯 태홍은 다음 회에 3루타를 날리더니 다음 타자가 뜬공을 쳤을 때 여유롭게 홈을 밟았다. 중왕중학교의 투수들은 성도중학교라는 거대한 파도를 힘겹게 막아 내고 있었다. 그러나 매회 한 점, 두 점, 점수를 내주었다.

둑이 완전히 무너진 것은 5회였다. 3회 1점, 4회 1점을 내주며 겨우 막고 있던 김희준은 5회 들어 첫 타자를 볼넷으로 내보냈다. 이어지는 타석에서 7할에 도전하는 4번 타자 이태홍은 또다시 큼지막한 안타를 쳤고, 다음 타자의 안타 때 홈을 밟았다. 이후, 중왕중이 투수를 둘이나 더 바꾸고 나서야 성도중학교의 방망이는 잠잠해졌다. 한 회에 무려 8명의 타자가 타석에 들어섰고, 그들은 중왕중의 투수진을 피도 눈물도 없이 두들기며 기어코 10점을 채웠다.

"감독님!"

길었던 성도중의 5회 초 공격이 끝나고, 잠시 경기장을 정리

하는 클리닝 타임을 갖는 동안, 대윤은 승태와 함께 손 감독을 찾으러 다녔다. 아까 2루수 김석형이 안타를 치고 나가자 발 빠른 고남준을 그 자리에 대주자로 투입했는데, 고남준의 포지션은 외야수라서 다음 이닝의 수비 명단을 다시 제출해야 하기 때문이다.

경기장의 화장실이란 화장실을 전부 뒤져 봐도 손 감독의 모습이 보이지 않자, 대윤은 주심에게 잠시 기다려 달라고 말하기 위해 승태를 더그아웃으로 보냈다. 사실 손 감독이 어디로 갔는지 짐작 가는 곳이 있었다. 경기장 뒤, 임시 주차장으로 쓰이는 공터.

"담배 끊으셨다면서요."

대윤이 담배 연기를 손으로 휘저으며 콜록댔다.

"나 여기 있는 건 워찌 알았냐?"

"매번 질 때마다 여기 계셨잖아요."

"허허. 이젠 사소한 버릇까지 아는구먼."

"명단 내시래요."

"거, 주심도 참. 책상에 써 놓은 거 가져가라고 했건만, 왜 애들 시키고 난리냐."

손 감독은 피우던 담배를 땅바닥에 비벼 끄더니 대뜸 대윤에게 손을 내밀었다.

"그간 이 노인네 말동무해 주느라 수고했다."

"예?"

"나도 너처럼 오늘이 마지막이여. 이번에 재계약 안 되어서 다음 달부터 새 감독이 올 거여. 느이들한텐 경기 끝나고 얘기하려 했는디."

"아직 5회밖에 안 됐잖아요?"

"5회 말에 점수 못 내면 10점 차니께 그대로 끝나는 거여."

아차, 너무 긴장해서 콜드 게임 규정을 깜빡하고 말았다. 이번 공격이 중왕중학교의 마지막 공격이 될 수도 있다.

'희수는, 그럼 희수는 어떡하지? 오늘 등판도 하지 못했는데. 오늘 경기가 마지막이 아니라고 큰소리쳤는데. 아니 오늘이 마지막이 되더라도 후회없이 던지게 해 주겠다고 내심 다짐했는데. 이렇게 되면 아예 경기에 나갈 수조차 없게 되잖아.'

"너무하신 거 아니에요?"

"어?"

"아니, 그렇잖아요! 기권이라도 하시게요? 양키스의 전설 요기 베라는 끝날 때까진 끝난 게 아니라고 했어요. 근데 벌써 포기하시면 어떡해요?"

"에?"

손 감독은 내심 놀랐다. 매번 의욕도 없던 놈이 이제야 야구에 눈을 뜬 건가?

"야, 이놈아. 그런 얘길 할 거면 진작 했어야지! 그랬다면 나도 안 잘리고, 너도 야구 계속했을지도 모르는데."

"아무튼 감독님. 늦지 않았어요. 늦기 전에 얼른 돌아가요."

"그래, 어여 가자. 난 안 늦었지만, 넌 늦을지도 몰라."

"네?"

"요번 회 승태 타석 대타로 너 써 놨어. 이놈아."

"아이! 감독님이야말로 그런 얘긴 진작 하셨어야죠!"

두 사람은 더그아웃으로 헐레벌떡 달려갔다.

5회 말, 10 대 0. 중왕중학교의 마지막이 될지도 모르는 공격.

수비로 나서는 상대 선수들이 포수를 제외하고 많이 바뀌어 있었다. 이틀 뒤에 있을 준결승에 대비하기 위해 주전을 대거 교체했기 때문이다. 바뀐 투수는 처음 보는 얼굴이었다. 올해 입학한 1학년 선수라고 했다.

희수는 입술을 앙다문 채로 앉아 있었다. 이런 식으로 아무것도 못 해 보고 끝나는 게 마음에 들진 않지만, 따져 보면 지금까지 기회를 살리지 못한 자신의 탓이었다. 희수는 일이 꼬이면 루틴 탓을 할 수 있던 때가 그리웠다. 오늘을 다시 떠올리는 때가 있을까? 당분간 희수는 야구를 잊을 생각이었다. 언젠가 스스로 공을 잡을 수 있을 때까지.

"너, 이번에 나간다며?"

"응. 승태 타석에 대신."

"잘 다녀와."

"미안. 나만 경기 뛰게 되어서."

"에이, 네가 미안할 게 뭐 있냐. 대신 후회 없이 하고 와."

희수가 방긋 웃었지만, 그 모습을 보는 대윤은 마음이 괴롭기 그지없었다. 희수에게도 기회가 있을 순 없을까?

포수 이태홍의 리드가 좋아서인지 앞선 두 명의 타자가 허무하게 물러나고 이제 남은 아웃 카운트는 단 하나. 대윤의 차례가 왔다.

"다녀올게."

"한 방 멋지게 날리고 와."

"그럴 린 없어."

대윤은 더그아웃에서 나와 그라운드로 한 발을 디뎠다. 붉은 흙, 하얀 선. 초록 들판. 그리고 그 너머로 보이는 커다란 관중의 파도.

"중왕중학교 선수 교체. 타석에 7번 타자 포수 김대윤."

와아아아.

대윤은 비록 지금의 함성이 자신을 위한 것이 아닐지라도 모두가 자신을 응원하고 있다고 여겼다. 아니 자신과 희수를, 더 나아가 모든 주전이 아닌 친구들을. 이번 대회가 마지막이 될 모든 친구들을. 재능도 행운도, 어쩌면 피나는 노력도 없지만 각자 자신이 좋아하는 걸 끝까지 해내려 했던 그들의 의지 하나하나를.

그것은 야구 기록지나 전광판에는 기록되지 않지만, 대윤은 그런 보이지 않는 것들을 좋아했다. 대윤이 야구만큼 좋아하게 된 피아노 연주도 그렇다. 악보에 그려진 음표 안에는 아름다운 연주가 숨어 있다. 대윤이 생각하기에 야구도 그러했다. 타점, 타율, 평균 자책점, 삼진 개수, 구속…. 야구는 기록의 스포츠지만, 피아노 연주가 음표로만 이뤄진 건 아니듯 야구도 숫자로만 이뤄진 것은 아니다. 대윤은 그런 보이지 않는 숫자들을 세고 있었다.

스트라이크.

대윤의 귀에서 맑은 연주가 들렸다. 쇼팽은 언제 들어도 좋다. 대윤은 자기도 모르게 쇼팽의 연주를 흥얼거렸다. 마치 푸른 잔디밭에 피아노를 가져다 놓고 홀로 연주회를 여는 것처럼.

'관객이 없어도 상관없어. 지금까지 야구를 좋아했던 시간만큼 앞으로는 피아노를 좋아할 거니까.'

파울.

"한번 휘둘러 봤어."

대윤이 씨익 웃으며 속삭였다. 눈을 들고 다시 타격 자세에 들어가려는데 파울볼이 날아간 쪽에 낯익은 얼굴이 보였다. 엄마, 아빠. 대윤은 눈을 의심했다. 잘 보이지 않아서 잠시 타임을 외쳤다. 얼마의 시간을 번 사이, 대윤은 1루 관중석 쪽을 뚫어져라 보았다. 분명 엄마와 아빠가 응원석에 앉아 있었다. 아빠가 비번을 바꿔서 몸이 불편한 엄마를 데리고 온 듯했다.

'울 엄마 소원 이루셨네.'

대윤은 그쪽을 향해 씨익 웃었다. 엄마가 이 미소를 보길 바라며.

따악!

경쾌한 소리가 들렸다.

대윤은 손목을 부드럽게 휘둘렀다. 처음이자 마지막으로 아들이 야구하는 모습을 보러 온 엄마에게 공을 선물해 주고 싶었다. 파울볼을 쳐야지. 그런데 힘 조절을 잘못해서인지 공이 쭉쭉 날아간다. 너무 멀리 쳤다. 안 돼! 파울이라야, 1루 관중석으로 가야 엄마가 잡을 수 있을 텐데⋯. 우익수가 힘써 달려간다. 아무튼 저거 잡히면 이제 끝이다. 바이 바이 야구. 잘 가라, 진종현.

"아, 넘어가네요. 홈런입니다. 홈런. 김대윤 선수. 홈런!"

"뭐 해? 뛰지 않고."

어안이 벙벙한 채로 서 있던 대윤에게 주심이 재촉했다. 그제야 대윤은 헬멧을 한 손으로 누른 채 달려 나갔다. 1루, 2루, 3루. 베이스를 밟을 때마다 대윤은 마치 구름을 밟는 듯한 느낌이 들었다. 전력 질주를 하는 게 아닌데도 심장이 터질 것 같았다. 아드레날린이 머릿속까지 가득 차서 자기가 지금 뭘 하는지조차 몰랐다.

더그아웃에 들어온 대윤을 친구들이 기다리고 있었다. 그들이 축하의 의미로 손바닥으로 대윤의 헬멧을 마구 치자 정신이 번쩍 들었다. 대윤은 곧장 손 감독에게 향했다.

"감독님! 부탁이 있어요."

"어어, 뭐여. 뭐여."

"다음 회에 희수랑 같이 뛰게 해 주세요."

"그러지 않아도 그러려고 했어. 우리 인쟈 투수 없거든."

그 말이 끝나기가 무섭게 대윤은 고개를 휙 돌려 희수를 바라보았다.

"들었지? 너, 다음 회에 던질 수 있대. 나가서 멋지게 마무리하고 오자."

"으… 응."

대윤의 말에 희수의 얼굴이 붉어졌다. 별것 아닌 말에 가슴이 두근거렸다. 마지막을 멋지게 끝낼 생각은 하지도 않았는데, 갑자기 그럴 기회가 찾아왔다.

"그려. 3점이든 4점이든 마음껏 맞아도 돼. 어차피 콜드게임으로 끝나는 건 마찬가지니께. 그리구 말이여. 이제 와서 할 얘긴 아니지만…. 난 너희 배터리를 전력 외로 생각하고, 두 번이나 무시했었다. 양지중 때 한 번, 무곡중 때 한 번. 근디 오늘은 그런 생각이 째끔 흔들리고 있그등? 나가서 너희도 나한테 한 방 먹여 줘야지."

"감독님이 무시하는데 뭘 먹여 줘요?"

"두 번이나 무시했으니, 이제부터 무시무시해져야지."

"진지하게 들을 거 없어. 얼른 준비하자."

손 감독의 농담에 어찌할 줄 모르는 희수에게 대윤이 글러브를 던지며 말했다.

	1	2	3	4	5	6	7	8	9	R
성도중	3	2	1	1	3					10
중왕중	0	0	0	0	1					1

6회 초, 성도중학교의 공격은 2, 3, 4번 타순으로 이어진다. 사실 경기장에 있는 모두의 관심은 승패보다는 과연 이태홍이 7할 타율로 예선 경기를 마무리할 수 있을지에 쏠려 있었다. 오늘 경기에서 3타수 3안타, 홈런 1개와 안타 2개를 더하면서 7할 3푼 3리가 된 상태였다.

생각지도 못한 홈런을 맞고 경기가 길어지자, 성도중학교 감독은 입맛을 다셨다. 5회 콜드 게임으로 끝낼 수 있던 경기였는데 성가셔진 것이다. 이렇게 된 거 빨리 점수를 더 벌려서 6회에는 반드시 끝낼 것을 선수들에게 주문했다. 성도중학교의 선수

층은 매우 두터워서 포지션당 두 명씩은 있으니 충분히 가능한 얘기였다.

"기록 때문에 5회에도 내보냈는데, 이젠 그럴 의미가 없어졌다. 다음 타석에 대타 쓸 거니까 태홍이 너도 이제 쉬어라."

하지만 태홍은 고개를 저었다.

"감독님, 죄송한데 전 피하고 싶지 않아요. 다음 회에도 뛰고 싶습니다."

옆에 있던 코치가 만약에 여기서 아웃당하면 7할 타율이 깨진다는 말을 했지만, 태홍은 막무가내였다. 타석 하나 일부러 빼서 얻은 기록이 무슨 의미가 있냐는 거였다. 그 말에 성도중학교 코칭 스태프는 잠시 회의를 하더니 태홍을 그대로 출전시키기로 했다. 7할 타율도 아마추어 야구 기록에서 10년에 한 번 나올까 말까 한 기록이지만, 7할 5푼 타율로 예선 경기를 마무리 짓는 건 중학교, 고등학교, 대학교, 심지어 사회인 야구까지 전부 포함해도 전례가 없다. 상대가 이미 싸울 의지를 상실한 상태에서 선수 개인도 출전에 대한 의지가 강하니까 말릴 이유는 없었다.

"생각해 보면 감독님이 우릴 보조 배터리라고 부르는 게 참 근사한 것 같아."

"뜬금없이 무슨 말이야?"

대윤의 말에 희수가 고개를 갸우뚱했다.

"'보조'라는 게 처음 들었을 땐 '메인'이 아닌 '서브'란 뜻만 있는 줄 알았는데, 서로 모자란 것을 보태어 돕는다는 뜻이 있대."

"그래?"

"응. 딱 우리한테 어울려, 그래서 말인데…. 우리 말이야, 영혼의 배터리까진 안 돼도, 꽤 괜찮은 배터리 아니냐?"

"…."

"아님 말고."

희수는 대답 대신 대윤의 미트를 툭 치고는 마운드로 걸어갔다. 희수는 대윤을 바라보며 모자챙을 만졌다. 많은 생각을 하지 않기로 했다. 기적처럼 얻은 기회인 만큼, 남은 세 타자에만 집중하기로 했다. 그동안 했던 수많은 연습과 루틴은 모두 이 순간을 위한 것이다. 그러니 모두가 보는 앞에서 제대로 공을 던지고 싶었다.

연습구는 오직 속구만 던졌다. 구속은 128킬로미터까지 올라갔다. '좋아!'는 아니어도 꽤 괜찮았다.

"플레이 볼!"

희수는 첫 타자에게 초구로 바깥쪽 낮은 속구를 던졌다. 방망이 끝에 빗맞은 타구는 2루수 앞으로 데굴데굴 굴러가더니 곧장 아웃 카운트 하나로 연결되었다.

첫 타자를 이렇게 쉽게 잡는다고? 희수는 내심 기뻤지만 이내 마음을 다잡고 홈플레이트 쪽을 노려보았다. 손 감독은 상대가 점수를 내려고 적극적으로 달려들 것이니 바깥쪽 공이나 느린 변화구 위주로 땅볼이나 뜬공을 유도하는 게 좋을 것 같다고 했고, 그 전략은 그대로 적중했다. 하지만 두 번째 타자가 희수의 속구를 파울로 바꾸는 빈도가 늘어나자, 대윤은 희수를 향해 손을 쫙 폈다.

"잘 봐. 가위바위보 사인을 낼 거야. 가위는 손가락 컨트롤을 잘하라는 의미로 슬라이더, 주먹은 돌직구를 던지라는 의미로 포심 패스트볼, 보자기는 너클볼이야."

희수가 던진 너클볼이 상대 타자의 바깥쪽으로 떨어졌다. 생각보다 느린 속도의 공이 날아오자, 타자의 중심이 무너지며 방망이가 헛돌았다. 타자는 희수의 속구에 타이밍을 맞추고 있다가 갑자기 날아온 느린 공에 우물쭈물한 것이다. 대윤은 희수의 너클볼을 겨우 잡아 냈다. 만약 놓치면 스트라이크 낫아웃 상태에서 타자는 1루까지 뛰어갈 수 있다. 아웃 카운트를 잡는 공은 무조건 글러브 안에 들어가 있어야 한다.

두 타자를 연속으로 잡아내자, 이태홍의 기록에만 집중하던 관중의 관심이 점차 중왕중학교의 보조 배터리로 쏠렸다. 그리고 그 관심은 이제 이태홍과 오희수의 대결로 압축되었다.

"타임."

4번 타자 이태홍이 타석에 들어서자, 당황한 대윤은 타임을 외쳤다. 일단 외쳤으니 뭐라도 해야 하는데…. 대윤은 아무 일 없는 척 희수가 있는 마운드 쪽으로 걸어갔다. 태홍은 그런 두 사람을 힐끗 보고는 무심한 표정으로 빈 방망이를 휘둘렀다.

"저 자식 또 나왔네. 징글징글한 놈."

"아마, 나를 상대하고 싶어서일 거야."

"넌, 긴장도 안 되냐? 저런 괴물을 상대하는데."

"그래 봤자 친구 동생인데 뭘."

"어떡할래?"

"넌 어떻게 생각해?"

"음…. 거르고 다음 타자하고 승부는… 싫지?"

"당연하잖아."

"그럼 이렇게 된 거 네 모든 걸 보여 줘라. 네가 사인을 보내."

"내가?"

"구종도 네가 선택하고, 바깥쪽이든 안쪽이든 코스까지. 내가 이런저런 걸 제안할 테니 넌 마음에 들지 않으면 고개를 저으면 돼. 마치, 시장에서 상인들하고 흥정하듯이."

"괜찮겠어?"

"그럼, 승부하지 말까? 솔직히 쟤 상대로는 내가 머리 굴리는 게 무의미할 거 같은데?"

"알았어."

대윤이 자리로 돌아가자, 희수는 크게 숨을 들이켰다. 왠지 어디선가 태진이 이 경기를 보고 있다는 생각이 들었다. 어쩌면 태진도 지금 상황에선 대윤과 같은 말을 했을 것이다. 그럼 어떤 공이 좋을까?

그때 희수에게 루틴이 떠올랐다. 진종현의 불펜 피칭 37분 루틴. 사실 여기엔 아는 사람만 아는 비밀 루틴이 하나 숨어 있다. 마구잡이로 37분간 47개의 공을 던지는 게 아니라, 몸 쪽 꽉 찬 속구를 아홉 번 던진 다음, 바깥쪽 공을 한 번 던진다. 몸 쪽 꽉 찬 공이란 몸 쪽으로 스트라이크 존의 끝에 걸치게 던진다는 의미다. 그 공이 완벽하게 제구되면 타자는 본능적으로 몸을 빼게 되는데, 그 상태에서 바깥쪽 공이 날아오면 제대로 대응하기가 어렵다.

스트라이크!

"대단하네요. 130킬로미터의 몸 쪽 꽉 찬 공. 저렇게 예리한 각도로 붙여 버리면 구속이 빠르지 않더라도 치기가 어렵죠."

희수는 지금 자신이 꿈을 꾸고 있다고 생각했지만, 이내 마음을 다잡았다. 태홍은 자존심이 상해서 이를 부드득 갈았다. 몸 쪽 공을 못 치는 게 아닌데, 방심하다가 희수의 공에 쫄아 버린 것이다.

하지만 몸 쪽 공을 던지는 건 희수에겐 도박이었다. 정말로 몸에 맞을 수도 있기 때문이다. 대윤이 두 번째 공으로 아까와 똑같은 코스에 똑같은 공을 요구했지만, 희수는 고개를 절레절레 흔들었다. 그러자 대윤은 너클볼을 요구했고, 희수는 그마저도 고개를 저었다. 대윤은 하는 수 없이 희수의 원래 변화구인 슬라이더를 요구했다. 그래, 슬라이더라면 오히려 마음이 편해. 계속 연습해 오던 공이기도 하니….

따아악!

희수가 던진 몸 쪽 슬라이더가 가운데로 몰리자, 태홍의 방망이가 여지없이 돌았다. 타구는 저 멀리 날아갔다. 이태홍도 맞는 순간 홈런이라 예감한 듯 잠시 자신이 친 공을 감상했다. 하지만 쭉쭉 뻗어 나가던 공은 폴대 바깥쪽으로 살짝 벗어났다. 거대한 파울 홈런에 태홍은 애꿎은 데 화풀이를 하듯 방망이를 땅으로 내리쳤다.

휴우.

희수는 안도의 한숨을 내쉬었다. 노 볼, 투 스트라이크. 볼 카운트는 절대적으로 희수에게 유리하지만, 쫓기고 있는 건 오히려 희수였다. 그럴수록 바빠지는 건 대윤의 손가락이었다. 가위바위보. 가위바위보. 하지만, 희수는 계속 고개를 가로저었다.

"일부러 시간 끄는 것 같아요."

참다못한 태홍이 타임을 외치고 주심에게 어필하자, 주심은 대윤과 희수를 불러 주의를 주었다. 관중석에서도 야유가 터져 나왔다. 결국 대윤은 손으로 X자를 그리더니, 자신의 사타구니를 손으로 가리켰다. 그냥 여길 노리고 던져. 하아, 알았다.

드디어 희수가 와인드업에 들어갔다. 이제 정말로 마지막이다. 이 하나의 공에 모든 걸 건다. 결과야 어찌 되든 후회 없는 공을 던지고 싶다.

구종에는 저마다 색깔이 있다. 화려한 불꽃을 뿜내는 빠른 속구는 푸른색이나 붉은색, 타자 옆으로 휘어져 들어가는 변화구는 번개처럼 빛나는 노란색. 물론 너클볼처럼 아예 색을 죽이고 회색으로 날아가는 공도 있다. 마지막 공을 던지며 희수는 자기가 지금 던지는 공에는 색들이 요상하게 섞여 무슨 색인지 모르겠다고 생각했다. 그저 그런 공, 이도 저도 아닌 공.

희수는 야구를 하는 내내 확실한 뭔가를 가지고 싶었다. 시속 130킬로미터의 속구나 날카로운 각도의 변화구. 너클볼을 던지려다 회전이 조금 걸리거나, 속구를 던지려다 힘없이 떨어지는 공이 아닌, 온전히 미트까지 도달할 수 있는 무언가. 하지만 희수는 지금도 괜찮다고 생각했다. 미트에 도달하지 못해도, 프로에 가지 못해도, 결국 야구를 할 수 없게 되더라도 그걸 좋아했던 마음은 아직 간직하고 있으니까.

잘 받아라. 모든 게 섞인 내 마지막 공을.

"떨어지는 공에 헛스윙 삼진! 이태홍 선수의 방망이가 돌아갑니다. 와, 대단하네요. 저게 무슨 공일까요? 강타자 이태홍 선수가 꼼짝 못 하네요."

"체인지업 같은데요? 많은 투수가 결정구로 쓰는 공이지요. 체인지업은 속구를 던질 때와 똑같은 투구폼, 똑같은 스윙으로 던지는 게 중요한데, 오희수 선수가 그걸 해냈어요. 참고로 체인지업은 메이저리그에선 투수 유망주에게 필수로 가르치는 구종 중 하나예요. LA 다저스의 릭 허니컷 투수 코치가 커브는 감각이라면 체인지업은 기술이라고 말했는데, 오희수 선수, 연습 많이 했네요. 대단합니다."

"이태홍 선수의 예선 타율은 6할 8푼 8리로 마무리됩니다."

"와아아아!"

대윤은 우승이라도 한 듯 마운드로 달려와 희수를 끌어안았다. 희수는 그제야 정신이 들었다. 대체 무슨 일이 일어난 거지?

"그래, 이거야. 내가 지금까지 네게 원했던 공이 이거였다고!"

"이게 무슨…. 이건 아무것도 아닌 공인데."

"그 아무것도 아닌 공을 제대로 던지려고 노력하는 사람이 얼마나 많은데!"

대윤은 글러브에 있는 공을 희수에게 건네었다.

"뭔데?"

"야구 포기하지 말라고 주는 선물."

"됐다. 너 가져. 오늘 마지막 경기잖아."

"아니야 누님. 난 이제 야구를 완전히 놓아줄 수 있을 것 같아."

"뭐? 누님? 너 지금 뭐라고 했어? 누나도 아니고 누님? 매번 야, 너, 쟤 하더니만 이제 끝났다고 이러기야? 나 운다고 놀리는 거지 지금?"

"누님 안 가질 거면 다른 사람 주든가."

대윤은 턱으로 누군가를 가리켰다. 태홍이 희수에게 뭔가 볼 일이 있는지 타석에서 마운드를 향해 천천히 걸어왔다.

"뭐, 더 할 말 있어?"

희수가 묻자, 태홍은 한숨을 쉬었다.

"아니…. 없어. 좋은 공이었어. 꼼짝 못 할 정도로."

"그래? 고… 고마워. 칭찬해 줘서."

"젠장! 내 7할 타율을 누나가 저지하리라곤 상상도 못 했는데."

"뭐, 그렇게 됐네. 미안."

"이래서 야구가 좋아. 전혀 예측할 수 없으니까. 그럼 또 보자고."

"태홍아, 잠깐!"

희수가 성도중학교 더그아웃으로 돌아가려던 태홍을 불러 세웠다.

"왜?"

"이거. 너희 누나 갖다줘."

희수는 대윤에게 받은 공을 내밀었다. 공을 잠시 바라보던 태홍은 가볍게 고개를 끄덕이곤, 공을 받아 돌아갔다. 희수는 고개를 들어 관중석의 엄마와 아빠를 향해 손을 흔들었다. 그리고 그 뒤에서 희수를 바라보고 있던 소녀에게는 행복한 미소를 지었다.

등판

"늦어서 미안."

"괜찮겠어? 연습 도와주는 거."

"괜찮아. 집에는 건강을 위해 운동한다고 했어."

근린공원에 도착한 두 소녀는 벤치에 가방을 놓았다. 지퍼를 열자, 공과 글러브가 나왔다. 따로 루틴을 정하진 않았지만, 하루에 한 번은 꼭 여기서 본다. 만일 사정이 있어서 못 나올 시에는 미리 연락하기로 했다. 물론 루틴 중간에 쉬는 시간을 갖는 것과 연습하기 전에 근처 편의점에서 물 한 통씩 사는 것도 잊지 않는다.

"오늘은 무슨 공 위주로 할래?"

"그 공으로 하자."

"체인지업! 알았어."

두 소녀가 한창 땀을 흘리고 있을 때, 누군가 그들 쪽으로 걸어왔다. 그를 발견한 소녀들은 깔깔대며 웃었다.

"하하하. 야, 너 그게 뭐야! 안 어울리게 정장은 뭐고, 머리에 힘까지 줬네."

"콩쿠르 갔다가 바로 와서 그래."

"맞다. 오늘 쇼팽 콩쿠르 있다고 했지. 그래, 어떻게 됐어?"

"뭘 물어봐. 대차게 떨어졌는데."

"그래? 내가 너보단 낫네."

희수가 의기양양한 목소리로 대답하자, 대윤이 의아해했다.

"뭐가?"

"이번 달 말에 독립 야구단에서 테스트 보러 오라고 했거든. 나하고 태진이하고 둘 다. 학업과 병행할 수 있다나?"

"그래? 잘됐다. 그럼, 야구 계속할 수 있는 거야?"

"보다시피! 그래서 맹연습 중이잖아."

"또 주변 사람들 볶겠네. 저 이상한 성격 맞춰 주려면 태진이 누나가 힘들겠다."

"안 그러거든?"

"내가 도와줄 건 뭐 없나?"

"응, 없어. 내 배터리는 한 사람으로 족하거든."

대윤이 태진이 끼려던 미트를 대신 끼자, 희수가 억지로 빼서 태진에게 돌려주었다. 대윤은 내심 서운한 듯 희수에게 투덜거렸다.

"역시 누님이야. 사람 필요 없으면 버리는 건 내가 따라갈 수가 없다."

"내가 누님 소리 듣기 싫으니까 하지 말랬지!"

도망 다니는 대윤을 희수가 쫓고 태진이 웃으며 희수를 말렸다. 세 사람 사이로 보이는 저녁 해가 마치 날아가는 야구공처럼 보였다.

작가의 말

야구에는 수많은 정보가 담겨 있습니다. 타율, 장타율, 출루율, 평균 자책점, 피안타율…. WAR*나 BABIP** 같은 복잡한 지표도 있고 이들을 종합하여 세이버메트릭스 같은 통계 기법이 생겨나기도 했습니다. 야구를 처음 보는 사람은 이런 부분이 진입 장벽처럼 다가올 수도 있지만, 나름 익숙해지면 분석하는 맛이 있는 게 바로 야구라는 스포츠입니다.

굳이 "야구는 삶의 축소판이다."라는 말을 인용하지 않더라도 야구는 우리가 사는 세상과 닮았습니다. 정보화 시대가 되면서 이러한 닮음은 전혀 다른 의미로 다가오기도 합니다. 수많은 정보가 담긴 야구처럼 우리 또한 정보의 홍수 속에서 살고 있기 때문입니다.

모두가 쉽고 간편하게 인터넷에 접속할 수 있는 상황에서 하나의 질문 앞에는 당장이라도 이를 해결할 기세로 너무나도 많은 정보가 주어집니다. 하지만 넷상에서 들은 의견은 오히려 우리가 무엇을 선택할지에 대해 혼선을 주고 급기야 행동마저 멈추게 합니다. 그 과정에서 우리는 안도를 얻는 대신 더 잘될 싹을

---

* Wins Above Replacement, 대체 선수 대비 승리기여도.
** Batting Average on Balls In Play, 인플레이 타구 타율.

스스로 잘라 버리는 경우까지 있습니다. 마치 이솝 우화 〈여우와 신포도〉에서. 여우가 높은 나무에 매달린 포도를 먹어 보고 싶으면서도, '저 포도는 매우 실 거야.' 하며 시도조차 하지 않는 것처럼요.

하지만 끝까지 가 보지도 않고 지레짐작해서 포기하다니 뭔가 재미없지 않나요?

다시 야구 얘기를 해 보자면, 정보가 난무하는 가운데 승패를 결정짓는 것은 그 정보가 원래 알고 있던 것과 살짝 어긋나는 경우입니다. 국내 프로야구 역대 최고의 왼손 타자 중 한 명인 이승엽 선수는 일본 프로야구에서 뛸 때, 왼손 투수를 오른손 타자가, 오른손 투수는 왼손 타자가 상대해야만 유리하다는 기존의 정보로 인해 손해를 봐야 했습니다. 하지만 끊임없는 분석과 연습으로 이러한 정보를 깨부수고 결국에는 일본에서도 최고의 타자임을 증명해 냈습니다. 물론 모두가 그런 좋은 결과를 얻을 수는 없지만, 한 가지 확실한 것은 끝을 정해 놓고 처음부터 안 된다고 생각하기보다는 일단 해 보고 이렇게 해 보니 안 되는구나 하는 상황이 되면 그 끝에서 우리는 선택지 하나를 선물처럼 받을 수 있다는 것입니다. 이대로 뭔가 바꾸어 더 나아가느냐, 아니면 깨끗이 포기하느냐. 이는 해 본 사람만이 누릴 수 있는 특권이겠지요. 게다가 이번 타석이 나쁘더라도 우리에겐 다음 타석, 다음 경기가 기다리고 있습니다.

"일단 해 보고 나서 생각해도 늦지 않아." - 곰돌이 푸
"Just Do It!" - 모 스포츠용품 회사의 슬로건

그런데 이렇게 쓰고 나니 자기 반성이 마구 드네요. 일단 저부터 저 포도는 실 거라고 생각하는 여우가 되지 않도록 노력하겠습니다!

처음 명랑 스포츠 소설을 써 보자고 생각했을 때 평소 진지하고 재미없는 성격의 제가 끝까지 쓸 수 있을지마저 의심스러웠지만, 결국 여기까지 왔네요. 그래서인지 이 이야기가 나오기까지 많은 분의 도움이 있었습니다. 이야기에 웃음과 활력을 불어넣기 위해 조언해 주시고 활자로 된 야구 경기가 실감 나도록 디테일을 더해 주신 다른출판사 여러분께 감사드립니다. 스토리 창작 시간에 발표했던 뼈대뿐인 이야기에 살을 붙이는 방법

을 알려 주신 한겨레교육 작가스쿨 김태원 선생님과, 함께했던 21기 동기 수강생 여러분께도 감사드립니다. 어디선가 저의 이야기를 읽어 주시는 이름 모를 독자님께도 이번 작품이 건강한 이야기로 다가가길 바랍니다. 끝으로 아직은 홈런보다 삼진당하는 일이 더 많지만, 그래도 인생의 타석에 들어설 때마다 응원을 아끼지 않는 친구들과 가족에게도 언제나 고맙고 사랑한다고 말하고 싶습니다.

2025년, 프로야구가 시작하는 달에
이민항 드림.

도넛문고
12

다른 인스타그램

뉴스레터 구독

너의 모든 공이 좋아!

초판 1쇄 2025년 4월 15일
초판 2쇄 2025년 7월 18일

지은이   이민항

펴낸이   김한청
기획편집 원경은 차언조 양선화 양희우 유자영
마케팅   정원식 이진범
디자인   이성아 황보유진
운영   설채린

펴낸곳 도서출판 다른
출판등록 2004년 9월 2일 제2013-000194호
주소 서울시 마포구 동교로27길 3-10 희경빌딩 4층
전화 02-3143-6478 **팩스** 02-3143-6479 **이메일** khc15968@hanmail.net
블로그 blog.naver.com/darun_pub **인스타그램** @darunpublishers

ISBN 979-11-5633-682-2 44810
     979-11-5633-449-1 (SET)

* 잘못 만들어진 책은 구입하신 곳에서 바꿔 드립니다.
* 이 책은 저작권법에 의해 보호를 받는 저작물이므로, 서면을 통한 출판권자의
  허락 없이 내용의 전부 또는 일부를 사용할 수 없습니다.

다른 생각이
다른 세상을 만듭니다